Alexander Pope

Sämtliche Werke

Alexander Pope

Sämtliche Werke

ISBN/EAN: 9783744635837

Hergestellt in Europa, USA, Kanada, Australien, Japan

Cover: Foto ©Andreas Hilbeck / pixelio.de

Weitere Bücher finden Sie auf **www.hansebooks.com**

Des

Alexander Pope, Esq.

sämmtliche

Werke.

Erste vollständige deutsche Auflage.

Dreizehnter Band.

Enthaltend

den fünften Theil seiner Briefe, nebst der
Geschichte von desselben Leben und Werken,
aus den Papieren des Herrn Warburtons von Hrn. Ruffead gesammelt.

Mannheim 1785.

Geschichte des Lebens und der Werke des Alexander Pope, aus den Papieren des Hrn. Warburtons von Herrn Ruffead gesammelt.

Unter der kleinen Anzahl der Ausgezeichneten, deren Namen in den glänzenden Büchern des Rufs eingeschrieben sind, sieht man immer jene die ersten Plätze behaupten, welche in den handelnden Szenen des Lebens den meisten Ruhm erworben haben. Man ist meistentheils neugieriger die Geschichte von Staatsmännern und Kriegern zu wissen, als die stillen Arbeiten der Dichter und Philosophen zu kennen. Die Einförmigkeit eines den

4

Studien geweihten Lebens liefert wenige Begebenheiten, welche jene interessiren, die mehr
Vergnügen in einer Reihe auffallender Zufälle
finden, als in dem Leben eines Gelehrten,
obschon sie dadurch ihre Kenntnisse erweitern
könnten, und es überhaupt wichtiger ist, das
zu wissen, was die Menschen in allen Stän-
den interessirt, als das, welches nur auf eine
kleine Anzahl Personen Beziehung hat, welche
im Besitz der ersten Stellen in der Gesellschaft
sind.

Die beste Geschichte eines grossen Schrift-
stellers ist ohne Widerrede die, welche seine
Schriften geben ; diese Warheit ist besonders
hier bey dem Schriftsteller bewiesen, den wir
schildern wollen. In seinen unsterblichen Werken muß man seine Seele und seinen Geist suchen ; sie athmen darinn für die Ehre der
Menschheit und für die Belehrung seiner Leser.
Pope war ein Freund der Menschen, und nahm
sich vor, ihnen durch seine Talente zu dienen.
Er machte öffentlich nützliche Warheiten bekannt, die ihm den Haß der Boshaften und
die Achtung der Edeln erwarben. Der Eifer
für die Tugend, der ihn beseelte, hauchte

ihm jene rührenden, und erhabenen Bilder ein,
die man nicht ohne Theilnahme und Nutzen
betrachten kann. Seine Sittenlehre, seine
Satiren, seine Briefe, seine kleinsten Scherze
verkünden eine grade, edle, empfindsame Seele, gemacht, das Laster zu schrecken und die
unglückliche Tugend zu trösten. Aber keines
seiner Werke zeigt seinen moralischen Charakter besser als seine Briefe: sie sind der nützlich-
ste Theil von der Sammlung seiner Werke;
und obschon für viele seine übrigen Schriften
vielleicht unterhaltender sind, so glaube ich
doch, daß man die Geschichte des Menschen
lehrreicher finden wird.

In dem Leben berühmter Männer stößt
man ziemlich oft auf fabelhafte Erzählung über-
natürlicher Begebenheiten, die man uns als
Vorbedeutungen der grossen Rollen gibt, welche sie einst in der Welt spielen sollen. Man
sagt nicht, ob etwas Merkwürdiges bey unserm Dichter sich zugetragen habe, sey's in
dem Schose seiner Mutter, sey's in seiner
Kindheit: man hat weder Bienen gesehen,
die sich an seine Lippen hängten, noch Tauben,
welche ihm eine Krone von Mirchen oder Lor-

dern auffezten. Alexander Pope ward geboren zu London den 21ten des Wonnemonds
1688, in einem kleinen Hause bey der H.
Paulskirche, wo sich die Urheber seiner Tage,
katholischer Religion, mit dem Ueberreste ihres Vermögens zurückgezogen hatten, das
durch die doppelten Taxe, und andere Straf-
gesetze, welche der König Wilhelm, Schwie-
gersohn Jakobs II. denen von dieser Gemeinde
auflegte. Sein Vater, Alexander Pope, war
aus einem alten Geschlechte der Grafschaft Ox-
fort; und seine Mutter, Edithe Turner, war
die Tochter eines Edelmanns aus der Provinz
York. Edithe hatte drei Brüder: der erste
starb in seiner Anhänglichkeit an Karln dem
Ersten; der zweite ward in seinen Kriegsdien-
sten erschossen; und der jüngste, der General
in Spanien war, überließ seiner Schwester
alles, was ihnen nach der Einziehung der Güter, welche sich diese Familie durch ihre Er-
gebenheit für den unglücklichen Karl zuzog, noch
übrig blieb.

Obschon der Vater unseres Dichters von
edler Abkunft war, so war er doch auch Kaufmann; denn die Engländer handeln, und

anstehren dadurch ihr Geschlecht nicht. Bey
dem Aufruhr, der den Prinzen von Oranien
auf den Thron seines Schwiegervaters setzte,
gab Pope's Vater seine Geschäfte auf. Die
Gesetze des Staates erlaubten ihm, als einem
Katholiken nicht, sich Güter anzuschaffen, und
sein Eifer für die Sache des Königs Jakob
machten es ihm zum Verbrechen, sein Geld
der neuen Regierung auf Zinsen zu geben.
Deswegen schränkte er sich ein, von seinem
Kapital zu leben, welches sich ungefehr auf
drei bis viermalhunderttausend Pfunde unseres Geldes belief. Folglich, als der Sohn
sein Erbtheil antrat, war schon ein großer
Theil davon verzehrt. Darauf spielt auch der
Dichter, in einem seiner Briefe an den Dr.
Arbuthnot an. "Den geerbten Tugenden und
Gesinnungen, sey habe sein Vater Armuth
von Seelenruhe begleitet vorgezogen.

Die schwache Beschaffenheit des jungen
Popes und die äußerste Zärtlichkeit seiner Eltern bewogen sie, ihn unter ihren Augen er-
ziehen zu lassen. Man behauptet, seine Tante
habe ihn das Lesen gelehrt, und Johann en
hätten ihn in den Grundsätzen der Literatur

unterrichtet; aber die Natur hatte alles ersetzt
sein dichterisches Genie drang durch den
Schleier der Kindheit, und er konnte sich
nicht mehr an die Zeit erinnern, wo er angefangen hatte Verse zu machen. Im achten
Jahre fielen ihm zwo schlechte Uebersetzungen
in die Hände, eine der Ilias von Ogilbb, und
die andere der Verwandlungen Ovids von
Sandys; und von der Zeit an war er im
Stande, die Schönheiten dieser zween Dichter zu unterscheiden, so sehr sie auch in den
Uebersetzungen entstellt waren. Er lernte in
sehr kurzer Zeit das Griechische und Lateinische; und machte sich früh mit den besten Schriften der Römer und Athenienser bekannt. Er
war noch nicht 12 Jahre alt, als er eine Ode
auf das Landleben machte. Sieh, I B. Der
junge Dichter begnügte sich nicht mit diesem
Versuche; im 14. Jahre gab er eine Uebersetzung des ersten Buchs der Thebais des Sta-
tius heraus; und diese Kopie wurde von vielen dem Originale vorgezogen. Da er bey
reifern Jahren einsah, daß seine Verse besser
waren, als er selbst glaubte, verbesserte er sie,
und setzte diese Uebersetzung in den Stand,
wie sie jetzt der Sammlung seiner Werke bei.

gedruckt iſt. Als er noch jünger war, bekam
er, als er einſt im Schauſpiel war, Geſchmack
an dem dramatiſchen Fache, er machte ein
Trauerſpiel aus den Begebenheiten der Ilias,
vertheilte die Rollen unter ſeinen Geſpielen:
das Stück wurde in Kleidern vorgeſtellt, die
nach den Kupfern gemacht waren, womit
Ogilby ſeine Ueberſetzung geziert hatte. Dieſes Trauerſpiel war nun freilich wenig werth;
allein man betrachtet doch gern das erſte Beſtreben eines Genies, welches auf der Bahn
der Wiſſenſchaften ſich emporſchwingen will.

Im 12ten Jahre ſtudirte Pope Waller,
Spenſer, und Dryden. In den Werken dieſes leztern lernte er die Regeln der Dichtkunſt.
Er ſtudirte ſeine Schriften mit auſſerordentli-
chem Vergnügen, und einer ununterbrochenen
Achtſamkeit; er nahm ihn zum Vorbilde, und
bediente ſich ſogar der Wendungen ſeiner Ausdrücke. Mit einem Worte, aus Dryden hat
Pope vorzüglich alle Zauberkraft ſeiner Verſe
geſchöpft. Von dem Augenblicke, da er an
ſeinen Werken ſo ſehr Geſchmack bekam, war
er ungeduldig, den Verfaſſer zu kennen. Dieſer berühmte Dichter war ſehr alt; und der

Junge Pope sah ihn nur im Vorbeigehen auf einem Kaffehause; aber Dryden starb, ehe sie näher mit einander bekannt wurden. Pope hat darüber sehr oft seinen Schmerz geäussert, besonders in einem Briefe an Wicherbey, wo er mit einer edeln Empfindsamkeit sagt: Virgilium tantum vidi. Er sprach immer mit Ehrfurcht von ihm.

Ungefehr um diese Zeit begab sich sein Vater mit seiner Familie in ein kleines Dorf Bierfield, im Walde von Windsor gelegen. Von nun an ward Pope sein eigner Herr, und alle seine Muse war dem Lesen der Alten geweiht. Nachher wollte er das Italienische und Französche lernen, zu diesem Ende hielt er sich einige Zeit in London auf, und der Erfolg seiner Bemühung entsprach ganz seinen Wünschen.

Bey seinem Eintritt in den Wald von Windsor verfertigte Pope die Ode über die Einsamkeit, welche man die Ergiessung einer tugendhaften Seele, die sich selbst genugrißt, und den ersten Versuch eines von der schönen Natur gebildeten Genie's nennen kann. In

dieſen Zeitpunkt ſetzt man die Verſe über das
Stillſchweigen, nach der Nachahmung des
Gedichts des Milords Rocheſters über das
Nichts: und man ſagt, um die nämliche Zeit
habe er ein Heldengedicht entworfen, und
zwei Schauſpiele vollendet: aber ſey es, daß
er ſich ſelbſt nicht Talente genug fürs drama-
tiſche Fach zutraute, oder ſey's, daß er ſeinen
Ruf nicht von dem wandelbaren Geſchmack der
Zuſchauer abhängig machen wollte, deren augen-
blickliche Stimmung faſt immer auf ihr Urtheil
Einfluß hat: er konnte ſich nie entſchließen, für
die Bühne zu ſchreiben, obſchon ihn ſeine Freunde ſehr dazu aufmunterten. Indeſſen wer in
ſeinen Werken, ſeine tiefe Kenntniß der Natur,
ſeine Leichtigkeit, ſich erhaben auszudrücken,
und die äuſserſte Richtigkeit ſeines Geiſtes bemerkt, wird nicht zweifeln, daß er auch in
Arbeiten dieſer Art groß geworden wäre, wenn
er ſich hätte darauf legen wollen.

Das Heldengedicht, Alkander, enthält 4
Geſänge, und jeder ungefähr 900 Verſe. Es
war eigentlich eine Nachahmung, worinn der
junge Pope die verſchiedenen Schönheiten, er
ter ihm bekannten Dichter geſammelt hatte.

Es hatte das Schicksal der zwei Schauspiele.
Pope urtheilte mit Recht, daß die Geburten
seiner Kindheit unterdrückt zu werden verdienten. "Ich gestehe, sagte er, daß eine Zeit
" war, wo diese ersten Werke Kinder der Ei-
" genliebe waren, denn ich glaubte, sie wä-
" ren wirklich gut, und ich wäre das größte
" Genie, das jemals war. Ich kann die an-
" genehmen Fantasien der Kindheit, welche
" nun für immer zerstreut sind, nur bedauern."
Arterbury, Bischof von Rochester, rieth ihm,
das Gedicht, Alkander, zu verbrennen; der
Verfasser folgte dem Rath; aber, wie er selbst
gesteht, mit einigem Schmerzen. Der Bischof von Rochester sagte in einem Briefe an
Popen: "Ich bin nicht böse, daß sie Ihren
" Alkander verbrannt haben, aber wenn ich
" Ihre Absichten gekannt hätte, so würde ich
" für das erste Blatt um Gnade gebeten ha-
" ben, und hätte es, mit Ihrer Erlaubniß zu
" den Seltenheiten gelegt, die ich besitze, "

   Ein Beweiß, daß indessen dieses Werk seiner Jugend tief in sein Gedächtniß eingegra-
ben war, und er die Fehler sehr wohl kannte, ist, daß er Vergnügen daran fand, aber

die kindischen Thorheiten dieses Gedichtes zu
scherzen, und sie seinen Freunden herzusagen.
Unter andern Ungereimtheiten war die Beschreibung eines scythischen Helden, der ein
mit Spitzen besetztes Kissen mit Verachtung
als ein Geräth der Weichlichkeit und des Lu-
rus wegwarf. Einige dieser tollen Ideen sind
auf eine angenehme Art in der Kunst, im
Dichten zu kriechen, zum Beispiele wiederholt unter dem Titel der Verse eines Unge-
nannten. Man muß warlich ein Schriftsteller von Genie seyn, um den Muth zu haben,
seine eignen Fehler lächerlich zu machen.

Der Aufenthalt Pope's in Binfield ver-
schaffte ihm die Bekanntschaft des Ritters Wilhelm Trumball, der sich auch in ein Dorf des
Waldes von Windsor zurückgezogen hätte,
und unsern Dichter mit den angesehensten
Männern von Geist und Kopf in Verbindung
brachte. Groth und Congreve bewunderten
einen Autor von 16 Jahren, und munterten
ihn auf. Engelland hatte noch keinen reinen
Schriftsteller; Walsh zeigte ihm die Mittel,
vortrefflich zu seyn, und Pope, welcher den
ganzen Werth eines solchen Rathes fühlte,

glaubte nichts bessers zu thun als ihm zu folgen. Wicherley, damals schon 70 Jahre alt,
schien seine Freundschaft zu suchen, und davon für die Vervollkommnung seiner Gedichte
nützen zu wollen. Er forderte von ihm, als
einem Freunde, daß er einige seiner Stücke
mit den Augen eines gleich strengen und scharf-
sinnigen Kritikers übersähe. Diese Arbeit war
ärzlich und gefährlich. Wicherley hatte viel
Feuer und Geist, aber wenig Korrektheit,
und alle Eigenliebe eines alten Dichters.
Pope gab den Bitten nach, weil er glaubte,
sie seyen aufrichtig, und mißfiel seinem Freunde, entzweite sich sogar mit ihm, weil er ihm
mit zu gutem Herzen gedient hatte. Einem
ihrer Freunde gelang es in der Folge, sie wieder auszusöhnen, allein nachher fand nur eine kalte Höflichkeit unter ihnen statt. Der
junge Dichter war erst 16 Jahre alt, als seine Schäfergedichte erschienen, die man eines
Theokrits und Virgils würdig hielt. Er selbst
war immer damit zufrieden, und obschon er
sie in seiner Jugend gemacht hatte, so betrachtete er sie als die reinsten, und wohlklingend-
sten seiner Arbeiten. Die Schreibart ist wirklich äußerst sanft und leicht, weil, sagte er

diese Gattung der Dichtkunst ihre vorzüglichste
Schönheit von einer natürlichen Wendung der
Gedanken und einer grossen Annehmlichkeit des
Ausdrucks entlehnt, die andre aber Stärke
und Nachdruck erforderte. Pope, der die
Natur und den Geist der Schäferdichtkunst
kannte, war weit entfernt seine Rohrflöte auf
den Ton Fontenelle's zu stimmen, dessen Eklo-
gen von Witz schimmerten, und der in diese
Gedichte, die nur Einfalt charakterisirt, die
höchste und feinste Metaphysik gebracht hatte.

Man wirft aber dem englischen Dichter vor,
es fehle ihm an Erfindung, er gebe wenige
Gedanken, wenige Bilder, die man nicht in
den Alten finde, besonders in Virgil, von dem
diese Gedichte seine beständige Nachahmung
sind. Pope gibt das selbst zu in der scharf-
sinnigen und lehrreichen Abhandlung, welche
seinen Schäfergedichten vorhergeht. Ungeachtet dieses aufrichtigen Geständnisses würde
es nicht schwer seyn, viele Stellen zu finden,
die man mit Recht als eigene betrachten kann.
Für jede Jahrszeit ist ein eigenes Gedicht,
und in jeder der Ort der Handlung und die
Stunde des Tags mit Sorgfalt gewählt, und

daraus entstehn oft einzelne Schönheiten, die
das Gemälde erheben. Zum Beispiel, in der
Stelle, wo der Dichter den Sommer beschreibt,
ist die Szene am Ufer eines Flusses, und geht
in der Mitte des Tages gegen Mittag vor,
" wo die tanzenden Stralen der Sonne auf
" dem Wasser spielten, und grünende Erlen
" einen zitternden Schatten warfen. Bey
" seiner zärtlichen Klage vergaß der Strom
" zu fliessen, die Heerden um ihn her bezeug-
" ten ihr Mitleiden, die Najaden weinten in
" allen Wassergrotten, und Jupiter gab ein
" Zeichen in einem stillen Regen. "

Obschon neue Bilder nicht in grosser Anzahl in den Schäfergedichten Pope's sind, so
kann man doch nicht sagen, daß sie ganz ohne
Erfindung sind.

Die heilige Ekloge, der Messias, ist ein
vortrefliches Stück, sowohl durch die Erhabenheit der Bilder, als durch die Würde der
Versifikation. Pope folgt dem Isaias und
übertrift Virgiln, aber solche Sachen verlieren
in der Uebersetzung viele Schönheiten; diese
Schönheiten; die zu Zeiten in Kleinigkeiten

bestehen, verschwinden, wenn man sie in eine
andere Sprache übertragen will.

Cowley und Denham hatten den Wald von
Windsor gefeiert; Pope glaubte, ihm ein
nämliches Opfer schuldig zu seyn; er war es
ihm aus Erkenntlichkeit schuldig, denn da hatte er die ersten Gunstbezeugungen der Musen
erhalten. Dieses Gedicht ist ein beseelter
Auftritt, wo alles athmet, eine verführerische
Szene, wo der Leser hingerissen wird, an den
Gefühlen des Dichters Theil zu nehmen; ein
bewegliches Gemälde, welches nach und nach
die angenehmsten Bilder darbietet. Hier ist
ein Hund, der seinem Herrn zuvorkömmt,
bald brennt er vor Verlangen die Furchen zu
durchlaufen; bald, aufmerksam gemacht durch
den Geruch, legt er sich, und faßt seine Beu-
te ins Auge. Dort stampft ein ungedultiges
Pferd, und bedauert tausend Tritte, die es
verliert, ohne einen Schritt gemacht zu haben. Indessen der junge Jäger, ungestümmer
noch als sein Renner, ihn spornt, sich über
sein Hals legt, fliegt, und die Erde vor sich
fliehen sieht. Welche Grazie in der Episode
der Nimphe Ladone, die in einen Fluß ver-

wandelt würde! welche Schönheiten in dem
Lobe der grossen Männer und der Helden,
deren Geburtsort oder lezter Aufenthalt der
Wald von Windsor war! Aber die dem Andenken Cowley's und Denhams geheiligte
Stelle übertrift alles übrige. Ist es also zu
viel behauptet, von diesen Gedichten zu sagen, daß, obschon sie Nachahmungen der Alten sind, wenige Stellen sind, die unser Dichter nicht verbessert habe? Man kann sich davon leicht überzeugen, wenn man die Nachahmung mit dem Urbilde vergleicht; man hat
Sorge getragen, die meisten Stellen, die Pope benuzt hat, unten anzuzeigen. Man sagte auch, der junge Dichter habe einen beson-
dern Hang für diese Gattung der Dichtkunst
gehabt; daß Virgil in diesem Alter nichts so
gutes gemacht habe, und daß, wenn er fort-
führe, in diesem Fache zu schreiben, die englische Dichtkunst der griechischen und römi-
schen den Rang streitig machen würde.

Indessen entgiengen die Schäfergedichte
von Pope der Bosheit der Kritik nicht.
Viele, die nicht Geisteskraft genug hatten,
zu unterscheiden, was Ländlich oder Bäurisch
sey,

sey, behaupteten, man vermisse in diesen Gedichten jene Einfalt, die Werke dieser Gattung charakterisirt. Um diesen Vorwurf so
lächerlich zu machen, als er es verdiente,
lies der junge Dichter, ohne sich zu nennen,
unter dem Titel Versuch, in eine periodische
Schrift von London eine ironische Vergleichung seiner Gedichte mit jenem des Philipps
einrücken. ” Weder Theokrit, noch Virgil,
” sagte er, gaben ihre Arbeiten für Gedichte
” dieser Art aus; und in diesem Betracht
” hat Philipps den Theokrit und Virgil über-
” troffen. Man hat gefunden, daß dieser
” leztere seinen Schäfern zu zierliche Reden
” in den Mund legte: Pope hat den nämli-
” chen Fehler begangen: seine Landleute un-
” terreden sich nicht mit der den Dörfern eig-
” nen Einfalt; die Namen, die er ihnen gibt,
” sind aus Theokrit und Virgiln entlehnt,
” und passen nicht zu den Szenen, welche er
” schildert; denn er führet einen Dolphing,
” Alexis, Thyrsis in den Fluren von Engel-
” land auf, wie vor ihm, Virgil uns diese
” in den Ebenen von Mantua gezeigt hat,
” anstatt daß Philipps, der mehr auf die
” Umstände Rücksicht nimmt, schicklichere Na-
b

" men braucht, die dem geschmackvollen Le-
" ser mehr gefallen, als Hobbinol, Lobbin,
" Cuddy, und Colinclout. "

Man sollte glauben, diese Ironie sey zu
auffallend, um nicht gleich auch von wenigen
erfahrnen Lesern erkannt zu werden; indessen
gab es Einfältige genug, die sich einbildeten,
es sey eine ernsthafte Kritick von Steele, obschon dieser angekündigt hatte, er habe sie von
einem Unbekannten erhalten.

Dieser Scherz gab Gelegenheit zu einem
andern des Dichters Gay, die Woche des
Schäfers, wo sowohl diese Einfalt, welche
Philipps für ein so grosses Verdienst seiner
Gedichte hielt, als die Zwischenbegebenheiten,
die er braucht, auf die angenehmste Art lächerlich gemacht ist. Noch sonderbarer ist es,
daß jene, welche nichts um das Geheimniß
dieses Scherzes wußten, glaubten, Gay habe
sich über Virgiln lustig machen wollen.

Die Lyrischen Gedichte, welche Pöpe kurz nach
der Bekanntmachung des Waldes von Windsor
machte, vergrösserten noch mehr sein Lob, je

doch hatte seine Ode für den Tag der h. Cä-
cilie, nicht ganz einen erwünschten Erfolg, obschon man grosse Schönheiten darinn fand.
Mit Pindars Erhabenheit ist der englische
Dichter regelmäßiger und mehr Philosoph.
Man sieht, daß er sich vorsezte, zu beweisen,
daß der recht verstandene Gebrauch der Musik der sey, die Leidenschaften zu mäßigen,
und die Vernunft zu leiten. Dieses sagt er
ohne Verzierung in den zween ersten Versen
der zwoten Strophe; und die folgenden enthalten Beispiele dieser Wahrheit, mit aller
Stärke gesagt, welche dichterischer Ausdruck
und dichterische Gedanken haben müssen. Ungeachtet dieser Schönheiten, wurde diese Art
unter jene des Dryden gesezt, welche er für
die nämliche Feierlichkeit gemacht hatte; denn
die Idee war weit glücklicher. Pope selbst war
mit dem Publikum gleicher Meynung.

Dieses Lyrische Gedicht ist nicht das einzige, welches aus der Feder unseres Autors
floß. Man hat zween Chöre von ihm für das
Trauerspiel Brutus von Shakespear, welches
der Herzog von Buckingham für die Bühne
einrichtete. Pope, der durch diese kleinen

Arbeiten ersezte, was dem Trauerspiel fehlte,
schrieb darüber die feinste und richtigste Kritick. Unter der Menge von Schönheiten,
welche diese Lyrischen Stücke enthalten, muß
man die äusserst kühne und glückliche Beschreibung von der Wirkung der Künsten in Engelland bemerken.

Pope hatte noch einige Stücke der Art entworfen; allein der Charakter jener, die das
Schauspiel regierten, war Ursache, daß er
diese Arbeiten aufgab. Andere Betrachtungen trugen noch dazu bey, ihn ganz davon
abzubringen. Er hatte in einigen alten Schriftstellern gelesen, daß die Bänke in dem Theater des Pompejus so gestellt waren, daß sie
statt Stufen dienten, um zu dem Tempel der
Venus zu steigen, den er mit seinem Theater
vereinigt hatte. Es konnte nicht fehlen, daß
dem moralischen Dichter ein Umstand auffiel,
der ihn die ganze Gefahr dieser Szene fühlen
ließ. Man glaubt auch, daß er an den ältern
unter dem Namen Oratorio in Engelland bekannten Stück, welches jenes von der Esther
ist, wozu der berühmte Handel die Musik machte, Theil habe. Man behauptet noch über

dies, er habe einige seiner Züge, in die berühmte Oper die Bettler, seines Freundes
Gay eingeschoben.

Pope war erst zwanzig Jahre alt, als er
seinen Versuch über die Kritик verfertigte,
und der erst 12 Jahre hernach herauskam;
das ist die wenigste Zeit, die er immer zwischen dem Verfertigen und Bekanntmachen
seiner großen Werke verfliessen lies. Man
hat Ursache zu glauben, dieses Werk würde
ohne den Ungestümm seines alten Freundes
Trumball noch nicht so bald gedruckt worden
seyn. Diesem hatte er eine Abschrift davon geschickt, und Trumball war so entzückt davon,
daß er sein Danksagungsschreiben also schloß:
»Alles was ich Ihnen sagen kann, ist: wenn
»ihr Uebermaß von Bescheidenheit sie hin-
»dert, diesen Versuch bekannt zu machen,
»so würde es mir sehr leid seyn, wenn ich
»nicht so viel über Sie vermögte, Sie zu
»überreden, sich das Publikum verbindlich
»zu machen, und besonders Ihren ec.»

Pope hatte anfänglich den Stoff dieses Gedichts in Prose geschrieben; und nachher setzte

er es mit erstaunlicher Geschwindigkeit in Verse. Der erste Theil dieses Werkes enthält
Regeln die Kritick zu studieren; der zweite die
Ursachen der schiefen Urtheile über die Werke des Geistes, und der dritte handelt von
den Eigenschaften des Herzens, die der Kritiker haben soll. Man findet darinn auch An-
leitungen zur Kunst, gut zu schreiben, und
weißlich von einem Gedicht zu urtheilen; welches, ohne ein Fehler gegen die Einheit des
Gegenstandes zu seyn, nur eine Ausdehnung
und höhere Vollkommenheit ist.

Es ist das Schicksal der besten Werke,
daß sie die stärkste Kritik zu ertragen haben,
um nachher desto mehr geschäzt zu werden.
Addisson bewunderte die Schönheiten dieses
Werkes, aber er fand Fehler im Plane. Der
Abbe Dußrenal machte den hämlichen Vorwurf, den zu widerlegen Warburton sich bemühte. Denn s, ein furchtbarer Kritiker,
fiel das Werk mit aller Heftigkeit an; allein
sein Schimpfen, sein leerer Witz, seine be-
leidigende Persönalitäten fielen auf ihn selbst
zurück. Pope hielt sie einer Antwort unwürdig, und antwortete noch weniger auf die

Beurtheilungen anderer Art, die er von Seiten der Katholiken und der Torris in Bezug auf seine Religion erduldete; er überließ der Zeit ihn zu rechtfertigen.

Obwohl sich Pope schon einen grossen Ruf durch sein Lehrgedicht, als Gelehrter erworben hatte, so erlangte er doch noch grössere Ehre, als er den Raub der Haarlocke bekannt machte. Die Schönheit der Beschreibung, der Reichthum der Erfindung, die Hitze der Einbildungskraft und alle Lebhaftigkeit der Galanterie wären aufs Beste voll Harmonie hier vereint. Der erste Entwurf dieses vortrefflichen Gedichtes war nur in zween Gesängen. Der Verfasser, der damals erst 23 Jahre alt war, schickte davon eine Abschrift an Madame Fermer, mit welcher er in genauer Verbindung stand. Sie war so entzückt davon, daß sie solches ihren Bekannten mittheilte, und brachte Popen so weit, daß er es herausgab. Die gute Aufnahme vermochte den Dichter, daß er es das folgende Jahr vermehrte, und ihm die Gestalt eines Heldengedichts gab. Er ließ Sylphen und Gnomen darinn handeln, und verbreitete dadurch neue Annehmlichkeiten

b 4

durch das Ganze; und dieser sinnreiche Scherz
erstreckte sich bis auf fünf Gesänge. Die Engelländer gaben ihm allgemeinen Beifall, nicht
weil man es ohne Fehler fand; sondern, was
auch die Kritiker sagen mögen, weil man liebenswürdige Fehler in Gedichten dieser Art,
einer Regelmäßigkeit vorzieht, die oft eckelhaft
wird.

Dieses kleine Werk wurde bald in mehrere
Sprachen übersezt. Man kennt zwo Italienischen, eine von Abbe Conti, Edeln von Ve-
nedig; die andere, vom Marquis R.... auß-
serordentlichen Gesandten des Herzogs von
Modena zu London. Eine berühmte Dame
Deutschlands gab im Holländischen eine schäz-
bare Uebersetzung heraus. Die zwo Franzö-
sischen, eine in Prose von dem Abbe des Fon-
taines, die andere in Versen von Herrn Mar-
montel, machten dieses angenehme Produkt
in Paris bekannt, und verdrängten das Vorurtheil, daß die englische Nation in zierlichen
Scherzen, und feinem Witze nicht glücklich
seyn könne. Es ist wahr, man beschuldigte
den Verfasser, er habe einige Stellen nicht
genug gereinigt: zum Beispiel, wo er seine

Heldin, die Den Verluſt ihrer Locke beweint,
ſagen läſt: "Ha! Grauſamer! wenn du mir
" wenigſtens Haare geraubt hätteſt, die weniger dem Anblick ausgeſezt ſind! " Dieſe Kritick war ſehr gerecht: Die Betrachtung dieſer
Dame leitet auf eine Unanſtändigkeit, die wenig verdeckt iſt. Ein Edelmann, und Freund
des Dichters, rechtfertigte ihn, und ſagte,
es gäbe keine Frau, die ſich nicht die koſt-
barſten und verdeckteſten Haare rauben lieſſe,
mit der Bedingung, daß eine Muſe, wie jene
Popes dieſen Diebſtahl beſänge. Dieſes Gedicht erſchien, als zwo Parthien um das
Uebergewicht in der Regierung ſtritten; und
unter andern Gegenſtänden der Zwietracht
frohlockten die Whigs ſehr über den berüchtig-
ten Barriertraktat. Pope, obſchon er zu recht-
ſchaffen und ſcharfſinnig war, Anhänger einer
Parthie zu ſeyn, wurde nichts deſto weniger
ſeiner Geburt und Erziehung nach zu den Torys gezählt; welches einen Anlaß zu einer
Schrift, der Schlüſſel zum Raub der Haarlo-
ke, gab, worinn behauptet wurde, dieſes
Gedicht habe Pope in der Abſicht geſchrieben,
dieſen Traktat lächerlich zu machen; und verſichert ward, die Haarlocke ſey nichts anders,

als der Traktat selbst, und der Verfasser zeigte alle Stellen, die Beziehung auf den Gegenstand haben sollten, den er unterschob.

Man hat noch einen Brief vom Herrn von
Voltäre, worinn er von diesen zweien Werken
Meldung thut. Ich nehme mir vor, sagt
er, Ihnen ein oder zwei Gedichte des Herrn
Pope, des besten Dichters von Engelland,
und heut zu Tage der ganzen Welt, zu
senden. Ich hoffe, sie verstehen gnug englisch, um alle die Schönheiten seiner Werke zu fühlen. Ich für mein Theil ziehe den
Versuch über die Kritik der Dichtkunst des
Horaz vor, und die geraubte Haarlocke ist,
meiner Meynung nach weit über dem Pult
des Boileau. Nie habe ich eine so muntre
Einbildungskraft, so viel Grazie, eine so
grosse Mannigfaltigkeit, so viel Geist und
Kenntniß der Welt gesehen, als in diesem
kleinen Werke.

Pope, der bis in sein 20tes Jahr nicht regelmässig die Wissenschaften studirt hatte, fing
nun an, und sezte seine Studien 7 Jahre fort.
In dieser Zeit gab er unter andern seinen

Tempel des Rufs heraus, eine Nachahmung
nach Chaucer, einem englischen Dichter aus
dem 14ten Jahrhundert, mit welchem, sagt
der Herr Abbe Yart, der Tempel Pope's nicht
mehr Aehnlichkeit hat, als die Gebäude Lud-
wigs des XIV. mit jenen der Gothen. Diese
zween Dichter bauten auf den nämlichen
Grund; aber die Verzierungen und die Bau-
art waren ganz verschieden. Der Tempel Pope's stelle ein Viereck mit vieren gegen die vier
Theile der Welt immer offenen Thoren vor;
es ist der Aufenthalt der Eroberer, der Helden, und der Weisen. In dem Heiligthum
sind die Brustbilder Homers, Virgils, Pindars, des Horaz, des Aristoteles, und Ci-
cerons. Der Ruf ist in ihrer Mitte; er em-
pfängt hier die Opfer und Gelübde von dem
Gewühl seiner Anbeter. Als dieses Gedicht
erschien, machte man dem Verfasser unter den
Lobeserhebungen, die er erhielt, den Vorwurf, er habe zu viele Schönheiten auf Kosten
der Einheit des Plans sammeln wollen, welches doch die Grundlage aller andern sey.
Man rügte auch einen Fehler der Warschein-
lichkeit in verschiedenen Stellen, und eine gewisse Nachlässigkeit in Betracht der Ordnung

und Einrichtung. Pope behielt dieſes Werk
über zwei Jahre in ſeiner Brieftaſche; und,
wenn ihm zween vortrefliche Kritiker, Steele
und Addiſſon, nicht Muth gemacht hätten,
ſo würde es vielleicht noch nicht erſchienen ſeyn;
ſo ſehr fürchtete er dem Publikum etwas zu
geben, das ſeines Beifalls nicht würdig wäre.
„Ich habe das Werkchen zweimal geleſen,
„ſchrieb ihm Steele, und ich habe nichts
„gefunden, was ein Fehler genannt zu wer-
„den verdient; im Gegentheil, ich finde
„tauſend und tauſend Schönheiten.“ Obſchon Chaucer's Plan ganz verändert iſt,
daß die Beſchreibung des Tempels und der
gröſte Theil der Gedanken Herrn Pope gehö-
ren, ſo hat er doch zu viele Aufrichtigkeit,
ſein Werk bekannt zu machen, ohne das zu
erkennen, was er Chaucern ſchuldig war.

Pope hatte eine Menge flüchtige Stücke geſchrieben, deren Zeitpunkt zu beſtimmen, nicht
möglich iſt, weil er ihn ſelbſt, zum wenigſten
bey einigen, nicht wuſte. Die meiſten ſind
Früchte ſeiner Jugend, wie ſeine Ueberſetzungen Ovids, die Nachahmungen der alten engliſchen Dichter, wo man durchgängig Leichtigkeit, Natur und Feinheit findet.

Auf Bitten Abdisons machte unser Dichter den Prolog zum Trauerspiel Cato, den
man als ein herrliches Stück betrachtet, und
weit über alles hält, was Dryden in der Art
gemacht hat. Er ist prächtig, erhaben, und
einzig für das Trauerspiel geschrieben, dem es
zur Einleitung dienen sollte. Die Anspielun-
gen, die Bilder sind von einigen Stellen aus
Catons Leben selbst genommen. Gleichwie dieser Prolog ein Vorbild für Werke dieser Art im
Ernsthaften ist, so ist der Epilog zu dem Lustspiel des Rowe, Johanne Shore, ein voll-
kommenes Beispiel für das Komische. Pope
machet ihn für Mlle Oldfeld, und dieses Werk
ist in dem witzigen Ton geschrieben, welchen
die englischen Zuschauer auch in den Epilogen
zu den ernsthaftesten Stücken liebten.

Die ganze Welt weiß die grosse Veränderungen, die im Jahr 1710 im brittischen
Ministerium sich ereigneten. Die Whigs,
welche seit sechs Jahren die Verwaltung der
Geschäfte hatten, wurden durch die Ränke der
Madam Masham und des Hrn. Halleg unterdrückt, seit dem Grafen Oxford und Morti-
mer. Von dem Augenblick hatten die Torys

alle Gewalt in Händen; und die zwo Par=
thien, aufgehezt gegen einander, beschuldig=
ten sich wechselweis der schändlichsten Ent=
würfe. Und beide schmeichelten den Gelehr=
ten, und Dichtern, um sie zu gewinnen, daß
sie für sie schrieben. Dr. Swift war ein An=
hänger der Torys, und Addisson schrieb für
die Whigs. Pope, der überall Freunde hatte,
blieb standhaft in den Grenzen der Unparthei=
lichkeit. Die Whigs behandelten ihn als ei=
nen heimlichen Tory, und die Torys als ei=
nen verstellten Whig. Sein Betragen war sich
immer gleich, selbst zu der Zeit, wo er mit
den Häuptern der Torys in der engsten Ver=
bindung stand; denn damal machte er für Ad=
disson den Prolog zu seinem Trauerspiele, wo
er sich als ein eifriger Republikaner zeigt.

Der Brief der Sapho an Phaon, von
Ovid, drückt die zärtlichsten und Leidenschaft=
lichsten Gefühle aus, welche Pope mit eben
so viel Treue als Zierlichkeit in seine Sprache
übertrug: die Poesie darinnen ist fast eben so
sanft, als in seinen Schäfergedichten. Nach=
her wählte er einen unendlich mehr rührenden,
und weit mehr passenden Gegenstand, zum

Inhalt eines elegischen Briefes in der unglücklichen Liebe Abelards und der Heloisen. Heloise selbst theilt ihrem Geliebten die Leiden ihres Herzens mit; und Pope, als er in seinen Versen diesen Streit der Natur und der Gnade, der Liebe und der Tugend schilderte, zeigte wie tief er die geheimsten Wirkungen des Herzens, und die verschiedenen Bewegungen der Leidenschaften kenne, wenn man ihnen Widerstand thut.

In der Sammlung seiner Werke sind noch andere flüchtige Stücke, seyen es Uebersezungen, oder Nachahmungen, als Januarius und Maja, die Frau von Bath; Warnung für den jungen Adel; das Ganze ist mit Leichtigkeit, Munterkeit, und der Lebhaftigkeit geschrieben, die den verschiednen Gegenständen und dem Alter des Verfassers angemessen ist. Die meisten dieser Sachen machte er, um sich in seiner Kunst zu üben, und zu vervollkommen. Es sind die Früchte seiner ersten Jugend; und man sezte sie nur zu seinen Werken, um jenen Lesern zu gefallen, welche einem Schriftsteller gern durch seine verschiedene Alter folgen.

Sein vorzüglichstes Werk ist die Uebersezung der Ilias und der Odyssee in Versen,

die er 1713 anfing. Er hatte faſt noch keine
Hand an das Werk gelegt, als es ſchon Leute
gab, die ihn abzuſchrecken, und das Publikum gegen ihn einzunehmen ſuchten. Man
behauptete, er verſtünde nicht genug Griechiſch,
um eine ſolche Unternehmung auszuführen.
Pope'n war dieſes Gerücht nicht unbekannt:
ſtatt einer Antwort ſezte er ſeine Arbeit fort,
und ſtrengte alle ſeine Kräfte an, um es der guten Aufnahme der Gelehrten würdig zu machen. Er ſchränkte ſich nicht auf eine bloſſe
Ueberſetzung ein; er fügte Anmerkungen,
Aufklärungen, und eine geographiſche Karte
des alten Griechenlandes hinzu. Der erſte
Band erſchien 1715. mit einer Vorrede und einer Abhandlung über das Leben des Vaters
der Dichter; und hier iſt das Urtheil, welches
die Journaliſten darüber fällten:

„ Der Ueberſetzer hat ſich aller Leichtigkeit
„ der engliſchen Sprache bedient, um ſich mit
„ Stärke und Genauigkeit auszudrücken: des-
„ wegen kömt er der Sprache des Originals
„ am nächſten, welches Lamotte im Franzöſi-
„ ſchen nicht thun konnte. Seine Schreibart
„ iſt majeſtätiſch in ſeiner Einfalt; und man
                              „ findet

„ findet hie jenes überspannte Erhabene, je-
„ ne gezwungene Wendungen der Ausdrücke,
„ welche der verdorbene Geschmack in den
„ Neuern bewundert. Er hält sich an das
„ Original, so lange es die Sprache und
„ Wohlanständigkeit erlauben; und man kann
„ sagen, daß er sehr oft Homeren verbessert,
„ ohne ihn zu ändern, da er das mit Feinheit
„ ausdrückt, was im Original für eine Un-
„ schicklichkeit gehalten wird. „

Ganz Engelland unterschrieb für diese zwei
Werke; und man behauptet, der Verfasser
habe bey 100000 Thaler dabey gewonnen. Als
fein Homer erschien, entsprach er völlig der
Idee, die man von ihm gefaßt hatte; er hatte
den größten Beifall, ungeachtet aller Bestre-
bungen des Neides, ihn zu erniedrigen. Ich
will nur von Addisson sprechen, für den dieser
grosse Ruhm äusserst kränkend war, denn er
allein wollte den ersten Rang behaupten. Er
wagte es, Pope's Homer herunter zu setzen,
und um seinen Zweck zu erreichen, machte er
eine neue Uebersetzung des ersten Buchs der
Ilias, welche unter dem Namen eines gewissen Tickell erschien. Addisson sezte sie weit

über die seines Nebenbuhlers, und schickt Nie=
mand war seiner Meynung, als er allein. In=
dessen bestand er darauf, ungeachtet der gro=
ßen Fehler, welche man in der neuen Ueber=
setzung fand. Dieses Verfahren fing an, Po=
pen zu erbittern, und er malte seinen Geg=
ner mit den Zügen eines literärischen Despo=
ten. Sie brachen nach der Hand öffentlich,
und unser Schriftsteller schrieb satyrische Ver=
se gegen Addisson, die viel Aufsehen machten;
und seit der Zeit waren sie unversöhnlich.
Steele vermittelte vergebens eine Zusammen=
kunft zwischen ihnen, bey der er mit Gad, ge=
genwärtig war; sie hatte so schlechten Erfolg,
daß Pope, als er Addisson verließ, auf der
Stelle Verse gegen ihn machte, und sie ihm
schickte.

Pope gab seinen Homer zu der Zeit her=
aus, als Madame Dacier, an der Spitze der
phantastischen Bewunderer des griechischen
Dichters gegen alle donnerte, die an ihrem
Enthusiasmus nicht Theil nehmen wollten;
unterdessen auf der andern Seite Lamotte die
Fehler Homers vergrösserte, und die Schön=
heiten verkleinerte: aber der englische Ueber=

ſetzer, mehr Philoſoph als Mad. Dacier, und
mehr Dichter als Lamotte, verbarg ſeine Kritik unter Lobſprüchen, und drückte ſeinen Beifall durch Meynungen aus. Im Grunde
ſcheint Pope eben ſo gedacht zu haben, wie
der franzöſiſche Akademiker: ſie glaubten beide,
Homer ſey das gröſte Genie, aber die Unwiſ-
ſenheit habe groſe Fehler in ſeine Werke gebracht. Der Engelländer zeigt ſie nur allge-
mein an, und zergliedert ſeine erſtaunlichen
Talente, wovon er in ſeinen Gedichten Beweiſe gibt. Der Franzoſe im Gegentheil be-
rührt das bewundernswürdige Genie des grie-
chiſchen Schriftſtellers nur flüchtig, und ſcheint
mit Vergnügen bey ſeinen Unrichtigkeiten und
Fehlern zu verweilen; Fehler, die der erſte
Erfinder der Dichtkunſt nothwendiger Weiſe
begehen muſte. Pope fand wenig Geſchmack
an der Kritik der Mad. Dacier, die er als
weit unter ihrem Mann betrachtete, um das
zu wiſſen; und er ließ Lamotte mehr Gerechtigkeit wiederfahren, als die Eiferer Homers.
Mad. Dacier griff ihn mit aller Pedanterey
und allem ſchiefen Witz einer Frau an, die
Kommentare macht. Pope antwortete durch
einen äuſſerſt beſcheidenen und höflichen Brief;

und behielt also alle Vortheile in diesem gelehrten Streite.

Die Malerei war nach der Dichtkunst eine
von Pope's angenehmsten Beschäftigungen. Er
hatte sich darauf von seiner Kindheit an gelegt; und da er in der Folge ein genauer
Freund des Malers Jervas wurde, so bildete
sich sein Geschmack, und er bekam eine gründ-
liche Kenntniß dieser Kunst. Man muß sich
daher nicht wundern, daß er in einem Briefe
an seinen Freund die größten neuern Künstler,
Raphael, Guido, die Carracci, Correggio,
Paul Veronese, und Titian mit so vieler Richtigkeit schildert. Die Freundschaft des Jervas und des Pope's war auf Achtung gegrün-
det: Pope war Maler genug, um mit Jervas
von der Kunst zu sprechen, und dieser war
Gelehrter genug, um bey Popen zu lernen.
Im Jahre 1717. gab Pope die erste Sammlung seiner Werke mit einer Vorrede heraus,
wo Genie und Geschmack nicht weniger her-
vorleuchten, als jene liebenswürdige Bescheidenheit, die eher das Verdienst der andern
unterscheidet, als das eigene. Er erklärt,
die Ursache, warum seine Werke nicht korret-

ter wären, sey die, daß die Zeit, welche er
und seine Schriften zu leben haben, besser an-
gewendet werden könne, als ewig die Vernunft an den Reim zu ketten. Ungewiß, ob
er sich bey der Herausgabe seiner Werke ein
Denkmal oder ein Grab errichte, wünsche er
im ersten Falle, die Nachwelt möge daraus sehen, daß der Verfasser seine Feder nie durch
eigennützige oder partheiliche Absichten enteh-
ret habe, nie habe sie das Laster gerechtfer-
tigt, nie Grossen ohne Verdienst geschmeichelt,
oder der Unglücklichen gespottet: im zweiten
Falle, daß jene, welche Neigung fühlen würden, eben diese Laufbühne zu betreten, lernen
mögten, daß der Schuß der Grossen, die
Stimmen einiger angemaßter Kenner, der öffentliche Beifall das Andenken jenes nicht
verlängern können, welchen Mangel an Verdienst zum Tode und der Vergessenheit ver-
dammen.

Man sieht in vielen seiner Briefe, wie
sehr er von der Eitelkeit der menschlichen Wissenschaften überzeugt war, und daß er sich
nicht mehr aus einem grossen Ruhm machte,
als ein wahrer Philosoph thun muß; dieses

gibt Gelegenheit zu denken, daß, obschon
Ruhmbegierde die äusserste Schwachheit edler
Seelen ist, Pope die Dichtkunst mehr aus
Geschmack, und wegen seinem wachsenden Genie, als aus Liebe des Rufs, den sie sich er-
wirbt, betrieb. Gegen das Ende der Regierung der Königinn Anna beschlossen Pope,
Swift und Arbuthnot zusammen eine Satire
auf die Misbräuche der verschiedenen Gat-
tungen der Studien zu machen, und nach
Weise des Cervantes ihre Kritick unter Erdich-
tungen, und der Form lächerlicher Begebenheiten zu verbergen. Sie waren fähig diesen
Plan auszuführen: Arbuthnot besaß Gelehrsamkeit, Pope hatte die schönen Wissenschaften ganz inne, und Swift kannte die Welt
vortreflich; und alle drei hatten viel Geist.
Sie arbeiteten also mit einander an dem Leben des Martin Scriblerus; allein sie hatten
nur das erste Buch geendigt, als sie durch die
Veränderungen in der Regierung getrennt
wurden.

Durch die Bitten seiner Freunde bewogen,
veranstaltete er eine neue Ausgabe der Werke Shakespears, und zeigte seine Beurthei-
lungskraft, indem er den Text nach den

vorhergehenden Ausgaben verbessertes seinen
Geschmack, da er die schönsten Stellen an-
merkte, und sein feines Gefühl, indem er alles wegstrich, was anstößig oder gemein war.
Diese Arbeit war mühsam in Betracht der
Natur der Stücke dieses Vaters der englischen Bühne, der Plattheiten, Dunkel-
heiten, der Versetzungen, mit einem Wort
in Betracht der Ungereimtheiten, welche die
Herausgeber und Schauspieler zu Zeiten des
Verfassers hinzugesetzt hätten. Wenn Pope
die öffentliche Erwartung nicht ganz erfüllte,
so kann man doch dieser Ausgabe verschiedene
Vortheile vor der alten nicht absprechen. Er
schrieb eine äußerst scharfsinnige Vorrede,
worinn er die Fehler Shakespears anzeigte,
er war billig genug, die wahren Ursachen
davon anzuzeigen, welche dieses große Genie nicht wenig entschuldigen, dem nur Bil-
dung fehlte, um vortrefflich zu seyn. Pope
äußerte auch auf eine andre Art seine Achtung
für Shakespear, dessen Andenken ihm theuer
war; er bemühte sich, daß ihm in der Abtei
zu Westminster ein Denkmal errichtet würde,
dessen Aufschrift er selbst machen wollte.

Die Talente und der Ruhm unsers Dichters, musten Neid erwecken, und ihm Kritiker,
von jenen zuziehen; die das Verdienst nur
mit eifersüchtigem Auge sehn. Man war so
niedrig, in öffentlichen Blättern über sein Gesicht und seine Gestalt zu spotten, die wirklich
nicht sehr vortheilhaft waren: er war buck-
licht, eckelhaft und ungestaltet. Man suchte
die Sitten jenes zu brandmarken, dessen Werke man nicht heruntersetzen konnte; man legte
seine Ausdrücke boshaft aus; man beschuldigte ihn schändlicher Absichten und verbreitete über seine unschuldigsten Handlungen das
Gift der Verläumdung. Seine Feinde ver-
banden sich, und vereinten alle ihre Kräfte
in einer Schmähschrift die Popiade: sie lie-
sen ihre Wuth vorzüglich an der Uebersetzung
des Homer aus, behaupteten, es sey darinn
weder Treue, noch Richtigkeit, noch dichterischer Geist. Pope unterdrückte seinen Unwillen; aber seine Geduld machte seinen Geg-
nern mehr Muth: man schrieb ihm und seinem Freunde Swift Schriften zu, wovon sie
die Verfasser nicht waren, und so hatten sie
den doppelten Verdruß, sich von elenden
Schriftstellern verläumdet, und mit andern

vermengt zu sehen, die sich unter ihrem Namen verbergen.

So viele Anfälle bewogen sie eine Sammlung der Werke bekannt zu machen, die wirklich von ihnen wären; in der Vorrede be-
dauerten sie die Nothwendigkeit, worinn sie
sich sähen, Sachen drucken zu lassen, die
sie nicht allein der Nachwelt, sondern selbst
ihres Jahrhunderts unwürdig hielten. Eine
der stärksten Satiren in dieser Sammlung, ist
die Kunst in der Dichtkunst zu sinken. Die
Schriftsteller, die in dieser Kunst vortreflich
sind, werden in mehrere Klassen eingetheilt;
man bezeichnet sie durch verschiedene Eigenschaften, und die Anfangsbuchstaben. Man
glaubt, der größte Theil dieser Buchstaben sey
zufälliger Weise hingesetzt worden; und doch
war die Menge der schlechten Schriftsteller so
groß, daß zu keinem das Original fehlte.
Von diesem Augenblicke kannte ihre Wuth
keine Schranken mehr; man behandelte Popen
als einen Unsinnigen, Wahnsinnigen, als
ein Ungeheuer, als einen Mörder, und Gift-
mischer; man griff sogar seine Familie an,
und man versichert, daß in diesem allgemei-

nen Auslande 62 Schmähschriften gegen Ihn
erschienen sind. Lord Harvey betrat auch den
Kampfplaz und machte kleine Verse gegen
diesen grossen Dichter bekannt. Dieses er-
bitterte Popen völlig; seine Geduld war erschöpft, und er war schwach genug auf Rache
zu denken; er vertraute anfänglich seinen Plan
dem Dr. Arbuthnot, seinem Arzte und Freunde, der ihm rieth, seinen Zorn noch zurück
zu halten; dieses gab zu jenem berühmten
Briefe Gelegenheit, den der Dichter an ihn
schrieb, in dem er alles sammelte, was seine
Feinde gehässig, lächerlich und verächtlich machen konnte, und seine Unschuld klar an den
Tag legte.

(*) Nicht zufrieden damit, schrieb Pope noch
jene berüchtigte Satire, die Dunciade, oder
das Gedicht gegen die Thoren, welches man
dem Doktor Swift zu danken hat, der ihn auf-
munterte, es anzufangen und zu endigen. Er
hatte selbst Theil an dem Werke, zwar wenigsten an den Anmerkungen; er war ungeduldig
wegen dem Zaudern des Verfassers, und aus
Furcht, sagte er, daß die Thoren, die er ver-
ewigte, von sich selbst in Frieden sterben mög-

ten, und dann weder Belohnung noch Strafe sey.

Beide prüften eines Tages ihre Schriften
strenge, fest entschlossen, alles zu verbannen,
was sie nicht ihres Namens würdig hielten.
Popen fiel die Dunciade in die Hände, und
warf sie ins Feuer; Swift riß sie schnell wieder heraus, und da er wuste, wie viel der
Verfasser schon daran gearbeitet hatte, muste
er ihm versprechen, sie zu vollenden, und der
Dichter hielt Wort. " Schwarm der Dummi-
" köpfe! ruft ein englischer Schriftsteller aus,
" in diesem Werke seyd ihr unsterblich: ihr
" werdet bekannt seyn, so lange man un-
" sere Sprache in der Welt sprechen wird,
" wie man sie unter der grossen Königinn An-
" na sprach. Der berühmte Pope hat geglaubt,
" es sey der Menschheit gemäß, ein oder zwei
" Worte von jedem unter euch zu sagen, der
" Nachwelt kund zu machen, wer ihr ward,
" was ihr schriebt, in welcher Zeit ihr lebtet,
" und wenn ihr aufhöret zu leben. Wenn
" er zuweilen ein wenig starke Farben brauch-
" te, so geschah es, euch einen Zettel mit
" grossen Buchstaben anzuhängen, damit man

" ja wiſſe, was euch eine ſo ſchwere Strafe
" zugezogen hat. "

Die Wiederherſtellung des Reichs der
Dummheit, oder des ſchlechten Geſchmacks iſt
der Gegenſtand dieſes ſatiriſchen Gedichtes;
die Göttin der Thorheit wählt einen elenden
Reimdichter, deſſen Schriften ſie aus den
Flammen rettet, wozu ſie ſolche eben ver-
dammte, um ſie nachher zu krönen. Ihm zu
Ehren feiert man Feſte und Spiele; die ſchlechten Schriftſteller und ſelbſt die Buchhändler
nehmen Theil daran. Der neue König ent-
ſchläft auf dem Schoſe der Göttin, und wird
in die Eliſeiſchen Felder verſezt: er ſieht die
vergangenen Triumphe; die zukünftige Hofnung des Reiches, deſſen Oberhaupt er iſt.
Die Göttin ſelbſt vollendet das Werk in dem
vierten Buche, welches Pope auf Bitten ſeines Freundes Warburtons anfing, und 1743
herausgab. Sie will, daß auf den Univerſi-
täten die Pedanterei über die Wiſſenſchaften
triumphire; daß der Geiſt und das Herz auf
den Reiſen verdarben werden; daß der falſche
Geſchmack bey den Sammlern der Alterthümer herrſche; und daß ihre Unterthanen Ir-

religion, Ausgelaſſenheit und Barbarei auf einmal wieder einführen.

Die Dunciade erſchien das erſtemal 1728, und in Zeit von ſechs Monaten wurden fünf bis ſechs Auflagen gemacht. Pope entſchloß ſich nachher eine vollſtändigere zu veranſtalten, worinn man alles fände, was ein Werk vollkommen macht, Anmerkungen, Aufklärungen, Erklärungen und ſo weiter. Er bat den Doktor Swift, den Text zu durchgehen, und ihn mit einigen Bemerkungen zu bereichern, welche eine Satire auf die Kommentatoren, oder die im Gedichte genannten Schriftſteller ſelbſt wären; oder welche in hiſtoriſchen Zügen beſtünden, in Beziehung auf Perſonen, auf Ort und Zeit, oder welche die nachgeahmten oder abgeſchriebenen Stellen der Alten anzeigten. Der Doktor erfüllte das Verlangen ſeines Freundes, und man hatte noch nie eine vortreflichere Satire mit ſo viel Verſtande vereint geſehen.

Der Held der erſten Ausgabe war ein gewiſſer Theobald, den Pope in den folgenden Ausgaben wegließ, um an deſſen Platz den

Colley Cibber, gekrönten Dichter, der Gehalt
von Hofe hatte, aber ein besserer Schauspieler, als Dichter war, zu setzen.   Cibber erzählt in einem Briefe die Ursache seines Streits
mit Pope, und warum Pope ihn an die Stelle des Theobalds gesezt habe, also: " Als
" ich die Rolle eines Stutzers spielte, ent-
" wischten mir einige satirische Züge, gegen
" ein Lustspiel, welches unter dem Namen
" des Hrn. Gay erschienen ist, woran aber
" die Herrn Pope und Arbuthnot Theil hat-
" ten, und welches ausgepfiffen wurde. Nach-
" dem daß Stück gespielt war, kam Herr Po-
" pe zu mir hinter das Theater, fragte mich
" mit blassem Gesichte und zitternder Stim-
" me um die Ursache des Schimpfes, den ich
" ihm zufüge, und überhäufte mich mit Vor-
" würfen, die nur die Wuth einem Menschen
" eingeben kann, der ausser sich ist.   Aus
" dem lebhaften Antheil, den er an der Sa-
" che nahm, konnte man schliessen, daß er
" der Vater des Kindes sey.   Als ich mich
" von meinem Erstaunen erholte, sagte ich:
" Herr Pope, sie sind ein so ganz ausseror-
" dentlicher Mann, daß es eine Schande für
" mich wäre, ihnen so zu antworten, wie ich

besonders, aber weil sie mich auf eine so ganz
" fremde Art angreifen, so können Sie dar-
" auf zählen, daß so lange man das heutige
" Stück spielen wird, ich den nämlichen Zug
" immer wiederholen werde. Ich hielt Wort,
" und er glaubte, ohne Zweifel sich besser mit
" der Feder, als mit der Zunge rächen zu
" können. Das ist die ganze Sache, die mir
" seinen Haß zuzog."

Der Ruhm, die Dunciade gemacht zu haben, ward nicht allein durch die Schriften,
welche man gegen den Verfasser bekannt machte, zerstört, sondern noch auf eine weit em-
pfindlichere Art, wenn man einer Erzählung
glaubt, die zu der Zeit bekannt wurde, wo
man behauptete, Pope sey auf eine schimpfli-
che Art gegeiselt worden. In dieser Schrift
herrscht ein besonders ernsthafter und naiser
Ton, und Pope wurde dadurch, wie man sagt,
so aus der Fassung gebracht, daß er nur durch
trockene Nachricht antwortete, die er auf der
Stelle drucken ließ; worinn er betheuerte, er
sey denselben Tag, welchen die Erzählung an-
giebt, nicht aus dem Hause gekommen. Man
kann die Erzählung dieser vorgeblichen Geise-

lung in dem Werke des Abbe Yart, Jdee der
englischen Dichtkunst, nachlesen.

Nachdem das Ungewitter, welches die
Dunciade erregt hatte, vorbei war, führte
Pope eblere Plane aus, und fieng an, Ge=
genstände der Sittlichkeit zu bearbeiten. Im
Jahr 1731 erschien der Brief über den gu=
ten und schlimmen Geschmack im Gebrauch
der Reichthümer, den er an Richard Bogle,
Grafen von Burlington, seinen Freund, rich=
tete. Dieser wichtige Gegenstand ist mit vie=
ler Richtigkeit, Bescheidenheit, und Verstan=
de behandelt. Es ist eine reine Sittenlehre
mit allen Grazien der Dichtkunst geziert.
Man findet darinn einen Charakter des Tri=
non, von dem man boshafter Weise die An=
wendung auf den Herzog von Chandos mach=
te. Pope schrieb an diesen Herrn und an den
Grafen von Burlington, um sich zu rechtferti=
gen. Das folgende Jahr schrieb er einen
Brief über die wahre Anwendung der Reich=
thümer an den Lord Allen Bathurst; Liebe der
Menschlichkeit und des allgemeinen Besten
herrscht in dem Briefe.

In

In dieſer Zeit nöthigten ihn ſeine Freunde,
ſeine Nachahmung der erſten Satire des zweiten Buchs Horazens drucken zu laſſen, um ihn
gegen jene Lermenmacher zu rechtfertigen, die
mit ſeinen Briefen nicht zufrieden waren. Er
ahmte noch andere Stücke in dieſem Geſchmack
nach, nicht allein von Horazen, ſondern vom
Doktor Donne, in deſſen Satiren er die Sprache verbeſſerte, und andere Perſonen an
die Stelle deror, die Donne gebraucht hatte,
ſezte.

Das Beiſpiel eines ſo wichtigen Mannes, wie der Doktor Donne, ſchien ihm genug, ſeinen Unwillen gegen das Laſter und die
Dummheit zu rechtfertigen. Seine Erklärung
darüber iſt die eines unerſchrockenen Mannes:
" Wie, ſagte er, wenn ich die Feder ergrei-
" fe, die Tugend zu ſchützen; wenn ich die
" kühne Stirne der Boshaften mit Schande
" brandmarke; wenn ich den aufgeblaſenen
" Publikaner in ſeinem goldenen Triumphwa-
" gen angreife; wenn ich das niedrige Herz
" nackend zeige, das unter einem ſtolzen Ge-
" wande verſteckt iſt; könnte ich die Geſetze
" des Staats und der Kirche verletzen? "

Die Kunst, mit welcher dieser Dichter die männliche Satire des Dr. Donne auf sein Jahrhundert richtet, ist nicht weniger merkwürdig, als der Eifer für die Tugend, welcher der Grund davon ist, die edle Rechtschaffenheit, welche in allen Zügen herrscht, und die Menschlichkeit, welche das Bittere mildert.

Der Epilog, worinn der Verfasser sich entschließt, nichts mehr in der Art drucken zu lassen, ist in zwo Unterredungen eingetheilt. Von einer Seite macht er die meisten lasterhaften Charaktere lächerlich, die er schon gezüchtigt hatte; von der andern Seite lobt er jene, deren Tugenden er schon besungen hatte. Der Zweck ist, die Richtigkeit der Urtheile des Verfassers im Loben und Tadeln zu beweisen. Pope würde fortgefahren haben gegen das Laster zu streiten, wenn er hätte hoffen können, dessen Anhänger zu bessern; aber sie waren so mächtig und verwegen geworden, daß er keinen Erfolg hoffen konnte, und selbst nicht sicher gewesen wäre, wenn er darauf bestanden hätte, sie lächerlich zu machen. Dieser Dichter, der Madame Dacier, die ihn heftig angegriffen hatte, mit so vieler

Feinheit behandelte, hatte nicht so viele Mä-
ßigung gegen Lady Montague, eine Dame von
vielem Geiste, die ihm in einem ihrer Werke
grosses Lob beilegte; aber da sie glaubte, einige Stellen seiner Satiren seyen auf sie gerichtet, obschon sie nicht genannt war, verän-
derte sie plötzlich den Ton, Haß tratt an die
Stelle der Hochachtung, und sie brachen öffentlich. Lady Montague benuzte alle Gelegenheiten, böses von ihrem neuen Feinde zu sagen; Pope erlaubte sich die nämliche Freiheit;
und beide trieben es so weit, daß es schwer
zu unterscheiden ist, wer am ungerechtesten
oder unverständigsten gehandelt hat. Man
versichert, Pope habe nach der Hand die Heftigkeit seines Verfahrens bereuet.

Der berüchtigte Brief an den Dr. Arbuthnot erschien beinahe um die nämliche Zeit.
Der Verfasser sagt, er mache ihn nur darum
bekannt, um die Vorwürfe einiger Personen
vom Stande, welche nicht allein seine Schriften, sondern seine Person, seine Sitten und
seine Familie angegriffen hatten, abzuwenden.
Dieser Brief, der viele Sachen, welche sich
auf unsern Dichter, seine Freunde und Feinde

beziehen, enthält, ist mit aller Stärke, und
allem Feuer Juvenals, und aller Leichtigkeit
und Feinheit des Horaz geschrieben. Pope
ahmt hierin auch die Kürze und Dunkelheit
des Persius nach, um vor den Augen seiner
gefährlichen und mächtigen Feinde die Züge
zu verbergen, die auf sie gerichtet sind. Aber
Ordnung und Verbindung fehlt; und man
sieht ein wenig zu deutlich, daß Rache ihm
diesen Brief eingab.

In seinem moralischen Briefe über die
Kenntniß der Menschen und ihrer verschiedenen Charaktere beweißt Pope, wie schwer es
ist, diese Kenntniß zu erlangen, sey es wegen der grossen Verschiedenheit der Charaktere, sey es wegen ihrer Verstellung und ihrem
Eigensinn, oder endlich wegen den Umständen, worinn sich der Beobachter befindet.
Man bemerkt darinn einen Mann, der die geheimsten Wirkungen des menschlichen Geistes
kennt, und die Kunst besitzt, die dialektiker
Art zu schliessen, ohne den geringsten Schein
einer gezwungenen Regelmäßigkeit beizube-
halten.

Der Brief über den Charakter der Frauenzimmer, nicht weniger geschäzt, wie der vor-
hergehende, beweißt, daß der Verfasser in
der grossen Welt gelebt habe, und die verschiedenen Rollen, welche die Frauenzimmer
spielen, ihre Phantasien, ihren Eigensinn vollkommen kenne; aber man muß gestehen, daß
sehr viele dunkle Stellen darinn sind, welche
Pope, als es ihm sein Freund Arbuthnot vor-
warf, eher wegzulassen, als zu verbessern
suchte.

Dieser Brief ist an Miß Blount gerichtet,
für die der Verfasser von seiner Jugend auf
viele Hochachtung und Neigung hatte: vielleicht hat sie ihm auch zärtlichere Gefühle ein-
geflößt; denn sie verband mit einer hinreissen-
den Schönheit, einen feinen und ausgebilde-
ten Geist, Geschmack an den Wissenschaften,
Liebe für die Künste, und Kenntniß der Vor-
züge ihrer Nation: Pope war nicht gefühllos
gegen so viele Vortreflichkeiten; er schrieb ihr
einen Brief in Versen, als er ihr die Werke
des Voiture schickte: er vergleicht sie mit der
Mademoiselle von Rambouillet, und sezt sie
weit über diese.

Miß Blount erwiederte seine Leidenschaft; doch nur platonisch; denn unser Dichter hatte weder Figur, noch Gesundheit um mehr zu verlangen. Uebrigens zog er seine Freunde seinen Studien, und diese seiner Liebe vor. An dieses schöne, tugendhafte und gelehrte Mädchen richtete er den Brief über den Cha-. rakter der Frauenzimmer, und traute ihr so vielen Verstand zu, daß sie sich nicht von den Zügen beleidigt finden würde, die er auf ihr Geschlecht richtete, und welche auf sie nicht zielen konnten.

Pope arbeitete an seinem Versuch über den Menschen seit 1729, und endigte ihn 1733. Dieses Werk war das, wodurch er sich den größten Ruhm erwarb, aber auch sich die meiste Kritik zuzog. Es ist die tiefste Metaphysik in die sanftesten und angenehmsten Reize der Dichtkunst gehüllt; die stärksten Gedanken mit den rührendsten Bildern vereinigt.

Dieses Gedicht besteht in vier Briefen an Lord Bolingbroke, welche, wie er sich selbst ausdrückt, die allgemeine Karte der Menschheit enthalten. In dem ersten handelt er von der Natur und dem Stande des Menschen in Beziehung auf das Universum; und beweißt, daß alles, was da ist, gut ist. Im zweiten betrachtet er den Menschen im Verhältnisse mit sich selbst, als Individuum. Im dritten, sieht er ihn als ein Glied der Gesellschaft, und im vierten im Verhältnisse mit dem Glücke. Pope glaubte, er könnte der menschlichen Gesellschaft keinen nützlichern Dienst leisten, als wenn er ein Werk schriebe, welches den Menschen bewege, mit Zufriedenheit auf sein Leben zu blicken, und ihm die wichtigsten Warheiten der Religion, philosophisch, in eine harmonische und sanfte Sprache gehüllt, vorlege.

Der Versuch über den Menschen ist nur ein Stück des Plans, den Pope ausführen wollte. Das Werk sollte in vier Büchern bestehn. Das erste würde diese vier Briefe enthalten haben. Das zweite würde aus eben so viel bestanden seyn, nämlich über die Ausdehnung und Schranken des Verstandes, über die Wissenschaften, Künste und nützlichen Kenntnisse, und über jene unnützen, welche uns nicht beschäftigen sollen, über die Weise die Talente zu gebrauchen; und endlich über den Geist;

und dieses Buch hätte sich mit einer Satire
über den schlechten Gebrauch aller dieser Dinge geendigt. Einen Theil dieser Satire findet
man im 4ten Buch der Dunciade, und einige
Stücke in den drei andern.

Die Staatswirthschaft, oder die Wissenschaft der Politick, worinn die verschiedenen
Formen eines Staates, mit den verschiedenen
Arten des Gottesdienstes, die Einfluß auf
die Gesellschaft haben können, geprüft und
enthüllt worden wären, hätte den Inhalt des
dritten Buchs ausgemacht. Im vierten Buche wäre die besondere Sittenlehre, oder die
Individuen in allen Umständen, in jedem
Stande, Gewerbe und Alter behandelt worden.

Pope, der dieses System reiflich überdacht
hatte, und es für die Arbeit seiner reifern
Jahre bestimmt hatte, theilte es dem Lord
Bolingbroke, dem Dr. Swift, und andern
Freunden mit. Aber dieses Werk ward un-
terbrochen, und endlich gar aufgegeben. Ver-
schiedene Umstände störten die Freiheit und
Ruhe des Geistes, die es erforderte. Viel-

leicht war auch seine wankende Gesundheit,
vielleicht Mißlaune und die schlimmen Zeiten,
vielleicht Einwürfe, die selbst seine Vernunft
ihm machte, Schuld daran. Immer würde
dieses Werk den richtigsten Begriff von der
Stärke und Größe seines Genies gegeben haben.

Der Versuch über den Menschen ist zu bekannt, als daß wir ihn zu zergliedern nöthig
hätten. Wir wollen auch keine Meldung von
dem ihm aufgebärdeten System des Spinoza
thun, weder die pedantische Prüfung des
Crouzaz, weder die Kritik der Journalisten,
noch die Apologie der Herrn Silhonette, von
Ramsey, und Warburton berühren. Diese
leztern waren nicht nöthig, die andern sind
vergessen; und das unsterbliche Gedicht Pope's
wird immer bewundert werden.

Es ist auch nicht nöthig, Pope's Christen-
thum zu rechtfertigen, alle Beschuldigungen
sind auf zu schwache Gründe gebaut; es wird
mehr erfordert, einen Schriftsteller der Irre-
ligion zu beschuldigen. In der Furcht, man

möge ihm unchristliche Grundsätze aufbürden,
ließ er das allgemeine Gebet drucken.

Ein Vorwurf, der dem Verfasser des
Versuchs über den Menschen mit mehr Recht
gemacht werden kann, ist, daß verschiedene
Stellen dunkel sind, welches seine Freunde
selbst sagen. Pope selbst sagt in einem Brief
an Warburton: "Sie haben mein System so
" aufgeklärt, wie ich es hätte schreiben sollen;
" aber ich konnte nicht. Sie verstehen mein
" Werk so gut, als ich, aber sie haben sich
" besser ausgedrückt." Einige Zeit nachher
erschien unter dem Namen Pope's ein Werk,
mit dem Titel: Versuch über das menschliche
Leben, und er hat es nie verläugnet. Die
Schreibart, die Stärke der Gedanken, die
Sittenlehre, alles verräth den Verfasser des
Versuchs über den Menschen. Er gab auch
noch zwei satirische Gespräche heraus, welche
seine lezte Arbeit in der Art waren, wenn
man das 4te Buch der Dunciade ausnimmt.

Das Genie Popes war so weit umfassend,
so mannigfaltig, daß es nicht zuviel ist, zu
sagen, er sey in allem vortreflich gewesen.

Wenn wir betrachten, daß der Dichter, welcher in dem Versuch über die Kritik unser Urtheil leitet, unsern Geschmack in den Erfor-
schungen des Menschen vollkommner macht,
daß der erhabene Dichter, welcher in seinem
Versuch über den Menschen die wichtigsten
Warheiten und feierlichsten Pflichten der Religion und der Tugend einschärft, der nämliche
Verfasser ist, welcher in dem Raube der Haarlocke tändelt, in der Dunciade sticht, in der
Frau von Bath scherzt, und viele andere
Stücke der Art geschrieben hat, so kann man
kaum glauben, daß ein Mensch so viel Vortrefliches habe machen können.

Pope hatte nun das erlangt, was er als
die höchste Glückseligkeit betrachtete, die Achtung und Freundschaft der Edeln und Ange-
sehenen. Er war nicht weniger wegen seinen
Schriften, als wegen seinen geselligen und
sittlichen Tugenden geliebt. Da er der erste
der englischen Dichter war, so hatte er viele
Unannehmlichkeiten zu ertragen, welche die
Folgen der Schmeichelei und des Neides sind:
aber seine Geduld wurde durch die immerwäh-
rende Unverschämtheit der kleinen Dichter,

die entweder seinen Schutz suchten, oder seinen Ruhm beneideten, aufs äusserste getrieben. Nicht sein Verdienst allein zog ihm
Feinde zu, sondern seine Neigung zur Satire,
und seine beissende Muse. Er misfiel allge-
mein durch das satirische Bild, das er von
Addisson machte; der wirklich wegen dem
wachsenden Ruhme des jungen Dichters eifer-
süchtig war, wie Corneille in Ansehung des
Raime gewesen seyn soll.

Pope, der das satirische Fach verlassen
hatte, und seine Kräfte kannte, nahm sich vor
die allgemeine Aufmerksamkeit auf Gegenstände der Wissenschaften zu lenken, und den stür-
mischen Partheigeist, welcher die Nation
theilte, und Bürger gegen Bürger aufhezte,
zu besänftigen. In dieser Absicht und um
seinen Freund Steele vor der Wuth einer
Parthei, die sein unbesonnener Eifer aufgebracht hatte, sicher zu stellen, beschloß er, mit
ihm eine Schrift unter dem Titel, der Zuschauer herauszugeben.

Dieses Werk hatte den besten Erfolg; und
noch heute liest man es mit Vergnügen. Auf-

gebracht über das, was die öffentliche Acht-
samkeit von den politischen Sachen ablenkte,
in denen er keinen Nebenbuhler hatte, bezeug-
te Swift einiges Misvergnügen, daß die
Whigs und Torys einmüthig dem Zuschauer
ihren Beifall gaben, und er stellte sich, als
wenn er ein Werk für die Frauenzimmer betrachte, welches niemanden als diesen gefallen könnte.

Pope schrieb ausser den Oden, Fabeln,
Grabschriften, alle vortreflich in ihrer Art.
Seine Briefe fanden nicht weniger Beifall;
man findet Geist, Laune, Wiß, und Scharf-
sinn darinn, und sie können zum Beispiel für
das Briefeschreiben dienen.

Die erste Auflage dieser Briefe erschien
ohne Theilnahme des Verfassers, im Jahr
1727. Madame Thomas, welche die Abschrift
von jenen, die der Dichter an Hrn. Cromwell,
dessen Maitresse sie war, geschrieben hatte,
nahm; verkaufte sie in einem Augenblick der
Noth. Pope gab sie nachher selbst heraus,
und man sieht darinn, daß er immer die
Freundschaft von Personen von Verdienst hat-

te ; und da diese Briefe ganz offenherzig ge=
schrieben sind , so erkennt man darinn seine
ganze Denkungsart.

Im Jahr 1740. gab Pope eine schöne Aus=
gabe der besten lateinischen Dichter heraus,
vor den besten italienischen Dichter, als Fra=
custor, Viela, Palearius, Sannazar 2c. 2c.
Er hatte im Sinne ein Heldengedicht über die
Begebenheit zu machen , welche der alte Ge=
schichtschreiber Godfried von Monmouth er=
zählt. Es ist die Anlandung des Brutus,
Enkels des Aeneas, in Engelland, welcher
den ersten Grund zur brittischen Monarchie
gelegt hat ; verschiedene Umstände hinderten
den Verfasser dieses Gedicht zu vollenden.
Er hatte auch noch den Plan zu zwoen Oden
fertig, über die Uebel , die aus der willkühr=
lichen Gewalt entstehen , und über die Thor=
heit der Ruhmsucht. Er wollte auch das
Entstehen und die Fortschritte der englischen
Dichtkunst von den Barden an beschreiben,
und theilte die Dichter seiner Nation in ver=
schiedene Schulen, die aufeinander folgten.

Ungeachtet der Trockenheit des Studiums

des Alterthums, hatte er doch den Grävius so studirt, daß er eine lateinische Abhandlung über die Gebäude von Rom schrieb, wovon die Handschrift noch 1769 in der Bibliothek zu Oxford war.

Wegen seiner wankenden, und immer schwächer werdenden Gesundheit muste er eine Reise nach Bath und Bristol machen. Er hielt sich drei Monathe da auf, und beschäftigte sich hauptsächlich mit dem Briefwechsel mit seinen Freunden, und besonders mit Hrn. Warburton, mit dem er eine sehr enge Freundschaft hatte, seitdem dieser Gelehrte seine Vertheidigung wegen dem Versuch über den Menschen unternommen hatte. Aus diesen Briefen sieht man, daß er die zwei oder drei lezten Jahre seines Lebens seine Werke durchsah, und sie verbesserte, um sie neu aufzulegen.

Wir haben Popen nun als Schriftsteller hinlänglich kennen gelernt; es ist Zeit, ihn auch als Mensch zu sehen. Er schildert sich selbst in einem Briefe an Dr. Arbuthnot: ,,Könnte ich unabhängig leben und sterben;

„ die Zufriedenheit und Würde eines Dich-
„ ters behaupten; solche Freunde sehen, und
„ solche Bücher lesen, welche mir gefielen;
„ wäre ich doch über das Bedürfniß, einen
„ Beschützer zu haben, obschon ich zu Zeiten
„ einen Minister gern meinen Freund nennen
„ wollte! Sehen Sie, das ist mein ganzer
„ Ehrgeiz. Ich bin nicht für den Hof, nicht
„ für die grossen Geschäfte geboren, ich be-
„ zahle meine Schulden; glaube an Gott,
„ und verrichte mein Gebet." Diesen Grund,
sätzen gemäß, begehrte er weder einen Gehalt,
noch nahm er das Anerbieten des Sir Robert
Walpole an. Dieser Minister übergab dem
König und der Königin von Engelland die
Dunciade, und wollte die Gelegenheit benutzen, um ihm einen Gehalt von Hofe auszu-
wirken. Pope dankte ihm für seinen guten
Willen, nahm aber nie das geringste an.
Lord Hallifax und Herr Craggs waren noch zu-
dringlicher bey ihrem Ministerium; besonders
erbot sich der leztre selbst, ihm die Summe
zu bezahlen, welche ihm der König geben würde. Der Dichter war von der Freundschaft
und den Bemühungen des Ministers gerührt,

und

und verſicherte ihn, wenn er je Geld nöthig
haben würde, würde er ſich an ihn wenden,
welches er aber nie that. Er fürchtete vielleicht,
wenn er Wohlthaten von jenen annähme, die
an der Spitze einer Parthei ſtünden, würde
er Leute von der Gegenparthei nicht mehr ſehen dürfen, die er hochſchäzte. Der Gedanke, abhängig zu ſeyn, war ihm unerträglich,
und durch ſeinen Verſtand ſicherte er ſich vor
dieſer Nothwendigkeit.

Seine Gedanken über die Religion drückte
er in einem Briefe an den Dr. Atterbury, Biſchof von Rocheſter, aus, der ihn zu einem
Proteſtanten machen wollte. ”Ich weiß,
” ſagt er, daß meine Abſicht eben ſo rein in
” der Lehre iſt, zu der ich mich bekenne, als
” in einer andern. Kann ein Mann, der ſo
” denkt, ſeine Unbeſtändigkeit rechtfertigen,
” ſelbſt wenn er vorausſezt, beide Parthien
” ſeyen gleich gut? Sie haben mir gerathen,
” die beſten Streitſchriften zu leſen : Werde
” ich Ihnen ein Geheimniß ſagen? Ich habe
” ſte ſchon ſeit meinem 14ten Jahre geleſen ;
” denn ich liebte ſolche Bücher, und mein Vater

E

„ hatte keine andere.   Er hatte alles gesam-
„ melt, was über diesen Gegenstand unter
„ Jakob II. geschrieben wurde.   Das Lesen
„ dieser Schriften erhizte mir den Kopf, ich
„ war bald Katholik, bald Protestant, dar-
„ nach das Buch war, das ich las.   Ich
„ fürchte sehr, die meisten Religionsforscher
„ sind im nämlichen Falle, und daß es ihnen
„ oft geschieht, weniger überzeugt, als un-
„ schlüssig zu seyn.   Sie sehen, Milord, wie
„ wenig Ehre Ihnen ein solcher Proselyt mach-
„ te.   Nach allem, bin ich nicht entfernt zu
„ glauben, daß Sie und ich finden würden,
„ daß wir gleich denken, wenn wir uns ver-
„ stehen könnten, und daß alle rechtschaffene
„ Christen sich vereinigen würden, wenn sie
„ nur einen Tag mit einander umgehen, und
„ sonst nichts zu thun haben wollten, als Gott
„ zu dienen, und mit ihren Brüdern in Frie-
„ den zu leben.   Ich glaube, daß eine Re-
„ gierung seyn muß, um den Frieden meines
„ Lebens zu erhalten, und daß ich mich zu
„ einer Kirche bekennen muß, um den Frie-
„ den meines Gewissens zu erhalten.   Ich
„ glaube, daß alle Regierungen und alle Kir-

„ chen, die gut verwaltet werden, von Gott
„ ſind. Was das betrift, was ſie Böſes
„ haben, oder haben könnten, und welches
„ die Vorſicht wird beſſern wollen, ſo wird
„ das ohne Zweifel durch gröſſere und beſſere
„ Werkzeuge geſchehen, als mich. Ich bin
„ kein Papiſt; denn ich mißbillige die zeitli-
„ chen Eingriffe der päpſtlichen Regierung.
„ Ich bin ein Katholik im engſten Verſtande.
„ Wenn ich unter einem unumſchränkten Für-
„ ſten geboren wäre, welches Gott ſey Dank,
„ nicht geſchehen iſt, ſo würde ich, wie es
„ mir vorkömt, als ein demüthiger, ruhiger
„ Unterthan gelebt haben. Ich fühle die
„ ganze Vortreflichkeit der brittiſchen Regie-
„ rung."

Die Dichter haben wenig Anhänglichkeit
für ihre Familie und ihre Freunde: Ihr Geiſt
iſt ſo ſehr beſchäftigt, als ihr Herz müßig iſt:
die Gewohnheit zu denken, verdrängt die, zu
lieben, und ſie ſind eiferſüchtiger, zärtlicher
Gefühle auszüdrücken, als zu beweiſen. Es
war Popen vorbehalten, die Talenten eines
groſſen Dichters, und die Eigenſchaften eines
guten Verwandten, und eines beſtändigen

Freundes in gleichem Grade zu hefizen. Wenn
er von seinem Vater und seiner Mutter spricht,
so geschieht es mit einer Ehrfurcht, und einer
Zärtlichkeit, welche das gleichgiltigste Herz
rühren könnte. " Beide, sagt er, waren von
" edelm Blute, welche zum Theil für die Sa-
" che der Ehre vergossen worden ist, als Eh-
" re in Albion noch geachtet wurde. Mein
" Vater, der ohne Prunk erzogen worden,
" hatte keine Streitigkeiten geerbt; er heira-
" thete die Zwietracht nicht unter der Gestalt
" eines edeln Mädchens. Den Bürgerlichen
" und Religions-Rasereien fremd, lebte er
" als ein frommer Mann, ohne einem Men-
" schen etwas in den Weg zu legen. Er sah
" nie die Höfe der Könige; er wollte nie Pro-
" zesse führen; er wagte weder, einen Schwur
" auszustossen, noch eine nützliche Lüge zu sa-
" gen; er vernachläßigte das, was man Wis-
" senschaft nennt, war unbekannt mit der fei-
" nen Kunst der Schulen, und redete nur die
" Sprache des Herzens. Rechtschaffenheit
" war ihm natürlich, und Erfahrung machte
" ihn weise; Mäßigkeit und Uebung erhielten
" seine Gesundheit; sein Leben war lang und

„ ohne Krankheit; fein Tod war ein Augen-
„ blick, der ohne Seufzer vorüber gieng.„
Er starb 1717 im 75ten Jahre seines Alters.

Der Bischof Atterbury schrieb an Popen, um ihm sein Beileid bey diesem Tode zu
bezeugen. „ Ich danke Ihnen sehr, antwor-
„ tete unser Dichter, wegen dem Antheil,
„ den sie an dem Ungluͤck nehmen, das mich
„ getroffen hat: es ist wahr, ich verliere ei-
„ nen Vater, und nichts kann mir diesen Ver-
„ lust ersetzen; aber es war nicht das einzige
„ Band, das mich an das Leben kettete; es
„ ist mir noch eine Mutter übrig, eine
„ Mutter, die ich tausendmal mehr lie-
„ be, als mich selbst.„ Und an einem
andern Orte sagt er: „ Könnte ich auf eine
„ sanfte Art, das Leben einer Mutter verlän-
„ gern, ihre Schwachheit lächeln machen, ihr
„ einiges Vergnügen auf ihrem Sterbebette
„ verschaffen, die Wünsche ihrer Augen er-
„ klären, und sie dem Himmel, der sie zu-
„ rück fordert, noch einige Zeit entziehen! „
Er verlor seine Mutter 1733, im 93. Jahre
ihres Alters. „ Ihr Tod war so sanft, wie

„ ihr Leben unſchuldig geweſen iſt. Es koſte-
„ te ſie nicht einen Seufzer. Auf ihrem Ge-
„ ſichte iſt noch ein Ausdruck der Ruhe, ſelbſt
„ des Vergnügens. Es iſt das Bild einer
„ Heiligen, die nicht mehr lebt, man könnte
„ kein ſchöneres Gemälde ſehen.“ Sie wurde,
wie ihr Gatte, zu Twickenham in der Graf-
ſchaft Middleſex begraben. Die kindliche Liebe unſeres Dichters errichtete ihnen ein Grabmal, worauf folgende Worte gegraben ſind.

D. O. M.

Alexandro Pope, viro innocuo, probo, pio,

Qui vixit annos LXXV. Obiit M. DCCXVII.

Et Edithæ conjugi inculpabili

Pientiſſimæ, quæ vixit annos XCIII.

obiit M. DCCXXIII.

Parentibus bene merentibus

Filius fecit, & ſibi.

Obiit An. 1744. ætatis 56.

Dieſe lezte Zeile ward nach ſeinem Tode
wie er befohlen hatte, hinzugeſezt.

:

Pope lebte noch einige Monathe, nachdem
er sein Testament gemacht hatte. Da er den
nahen Tod fühlte, ließ er sich nach Twickenham bringen, und starb Mittwochs den 30ten
Mai, alten Stils, das ist, den 10ten Juny
1744. in einem Alter von 66 Jahren. Er wurde bey seinem Vater und seiner Mutter
begraben, wie er es verlangt hatte.
Pope wurde in öffentlichen Blättern oft
todt gesagt, da er noch lebte. Von den vielen Gedichten, die auf sein Hinscheiden gemacht wurden, setzen wir nur eines her. Es
ist eine Elegie im höhern Tone, oder vielmehr
eine Ode.

Empfange, herrlicher Schatten, das Opfer eines Liedes, welches dich im ewi-
ge Lichte grüßt! Bey deiner Ankunft
erschallen die geheiligten Hallen: Chöre der Engel umringten dich, und ver-
gaßen ihre andern Verrichtungen.
Dieser Dichter sey unser, schrien die
Seraphim, dieser Dichter, der gegen
den Strom der Dummheit und des
Lasters schwamm. Dieser Dichter sey

unser, deſſen göttliche Sprache den
blaſſen Neid tödtete, dieſen Nebenbuhler unſerer Geſänge. Empfange die
Palme, die dir vorbehalten war. Du
biſt der erſte der Sterblichen, der in
unſere Anzahl aufgenommen wird.
Sag, wollteſt du ein Nachahmer unſeres reinen und heiligen Feuers ſeyn?
Der himmliſche Chor war bis jezt unvollkommen. Wir grüßen dich, glücklicher Dichter, dem edeln Beſtreben geweiht, die Erde zu beſſern, und die
Himmel zu erfreuen. O heiliger Johann, verkündige ſeine Geſänge; Nachwelt, ſie ſeyen dein Erbtheil, Weſt-
minſter, die ſterbliche Hülle gehört dein;
dort ruhe ſie neben Gay! Sie waren
nie im Leben getrennt, auch im Tode
müſſe ihre Aſche vereinigt ſeyn! (*)
Städte Griechenlands! laſſet ab von

(*) Der Wunſch des Verfaſſers konnte nicht er-
füllt werden, weil Pope als Katholick ſtarb.

euerm neidischen Streite; was siegt
daran, wo Homer geboren ward! Er-
hebe deine stolzen Hügel Albion! Pope
ist dein; Pope, die Herrlichkeit und
das Beispiel seines Jahrhunderts!

Inhalt

des

fünften Bandes von Pope's Briefen.

Inhalt.

Inhalt.

Inhalt.

Inhalt.

* 4

Inhalt.

Inhalt.

XXXXXXXXXXXXX XXXXXXXXX

Briefe an Ralph Allen, Esq.

———

* 5

Inhalt.

✠✠✠✠✠✠✠✠✠✠✠✠✠✠✠✠✠✠✠✠✠✠✠

Briefe an Hr. Warburton.

Inhalt.

Inhalt.

Inhalt.

Inhalt.

Zwei

Zwei und siebenzigster Brief.

Von

Dr. Swift an Herrn Pope.

den 1ten des Windmonats
1734.

Ich habe Ihren Brief vom 25. des Herbstmonats mit der Nachschrift des Milords Bolingbroke richtig erhalten. Er war lange auf dem Wege, und seit der Zeit werde ich wieder sehr von meinen alten Uebeln, dem Schwindel und der Taubheit, geplagt. Indessen diese letzte Ungemächlichkeit läßt ein wenig nach; aber die andere macht mich gegen

A

Abend taumeln, und benimmt mir allen Muth.
Ich fahre fort, die Spaziergänge sowohl zu
Fuß, als in der Kutsche zu besuchen; und
wenn ich gleichwohl dadurch nicht gesund werde, so gelingt es mir doch, mich zu zerstreuen.
Ich habe Sie nie in Verdacht gehabt, daß
Sie in der Freundschaft unbeständig wären,
oder daß Sie davon nicht die rechten Begriffe
hätten; aber ich fürchtete für Ihre Gesundheit; und ich bin mehr als einmal erstaunt,
wie Sie, mit so vielen Gebrechlichkeiten, in
schönen Wissenschaften Glück machen, und sich
einen so großen Namen erwerben konnten.
Milord Bolingbroke sagt, daß Sie seit drey
Monaten nichts gethan haben, als Laufen,
welches das beste ist, was Sie im Sommer
thun können; wenn der Winter Sie zurückru-
fen wird, werden wir Sie, aus einem Trieb
von Eigennutz Ihren Betrachtungen überlassen.
Gott sey Dank, ich schreibe nichts mehr,
ausgenommen von Zeit zu Zeit einen Brief;
oder vielmehr ich schreibe wie ein alberner Alter, einige Kindermährchen nieder, die ich
zween oder dreien meiner Freunde vorlese,
und die, wenn sie uns einen Tag lachen machten, den andern ins Feuer geworfen werden.

Indeſſen, was das Sonderbarſte babei iſt, habe ich immer ein groſſes Werk im Kopf, welches nur ein Menſch vollenden könnte, der vierzig Jahre nach einander der vollkommenſten Geſundheit genöſſe. Dennoch bin ich ſicher, daß ich niemals im Stande ſeyn werde, die letzte Hand an drei Abhandlungen zu legen, die nur wieder durchgeleſen und verbeſſert zu werden bedürfen.

Milord Bolingbroke ſagte in ſeiner Nachſchrift, Sie würden in dreien Tagen nach Bath gehen; und wir hören, daß Sie daſelbſt gefährlich krank geweſen ſind; die Zeitungsſchreiber ſelbſt verzweifelten an Ihrem Aufkommen. Aber ein Irländer, welcher Sie in den Bädern geſehen hat, verſichert mich, daß er Sie bey guter Geſundheit verlaſſen habe. Andere, deren ich mich ſo genau nicht erinnere, haben mir dieſe gute Nachricht beſtättigt.

Es iſt mir ſehr leid, daß gewiſſe Leute, Ihnen in meinen Namen beſchwerlich geweſen ſind; ich misbillige alles, was ſie gethan haben; es iſt nicht der geringſte Anſchein da, daß ich Gelegenheit habe, Ihnen in der Folge

einen zu empfehlen; die Freunde, welche ich
hier habe, sind wenige, und haben alle Rit-
terlehn, von denen sie nur der Tod wird tren-
nen können. Ich betheure Ihnen, daß ich,
gleich den Verfasser des Versuchs über den
Menschen erkannt habe; und ich wette alles,
was man will, daß Sie nicht sechs Verse
machen können, die ich nicht unterscheide, Sie
müßten sie denn mit Vorsatz Ihrer unwürdig
machen. Ich gestehe, ich glaubte Sie nicht
so erfahren in der Sittenlehre, noch daß diese
Wissenschaft so vieler vortreflicher und neuer
Regeln fähig wäre. Einige Stellen mußte ich
zweimal lesen; und der Herzog von *** hat,
mir gesagt, ein Richter von Dublin, der Sie
kennet, habe ihm gestanden, das erste Durch-
lesen dieser Versuche habe ihm ein großes
Vergnügen gemacht, aber einige Verse wären
ihm ein wenig dunkel vorgekommen. Das
zweitemal habe sich ein großer Theil dieser
Dunkelheit verloren, und das drittemal habe
er alles ganz klar und vollkommen schön gefunden.

Das Unternehmen des Milords Bolingbroke, die Metaphysik verständlich und nütz-

lich zu machen, wird ihm sicher zur Ehre ge-
reichen; denn alles, was er angefangen hat,
ist ihm immer gelungen, wenn er allein die
Ausführung hätte. Sie werden wünschen,
hoffe ich, daß dieser Brief für Sie beide sey,
und daß er es auch in Zukunft seyn möge; dadurch werde ich Ihnen etwas Geld, und Sie mir
einige Mühe ersparen; überdies, da er Ihr
Genius ist, liegt nichts daran, an wen meine Briefe gerichtet sind. Es ist ein Glück
für mich, daß das, was Sie herausgegeben
haben, mit grossen Buchstaben gedruckt ist,
sonst könnte ein armer fast tauber Mann, das
einzige Vergnügen, welches ihm in diesem
Leben noch übrig ist, nicht geniessen. Empfehlen Sie ja dem Milord Bolingbroke, diesem
Beispiele zu folgen, wenn ich so lange lebe
um seine metaphysischen Werke zu lesen. Die
Gesundheit dieses Herrn ist nicht die beste, wie
mir der Doktor sagt. Ich werde seinen Brief
beantworten, so bald es mir möglich ist. Leben Sie wohl.

Drei und siebenzigster Brief.

Herr Pope an Dr. Swift.

Twickenham,
den 19. des Christm. 1734.

Ich nehme aufrichtigen Antheil an allen Ihren Leiden, und in Betracht Ihres schwachen Gesichts, schreibe und lasse ich alles in Folio drucken. Da Sie alle Redlichkeit eines aufgeklärten Geistes und eines grosmüthigen Charakters haben, so begreifen Sie leicht, daß Leute von unserm Alter vorzüglich fühlend für die Freundschaft von Ihres gleichen sind, und daß alles, was die betrift, welche einige Jahre voraus sind, die andern, welche am nächsten folgen, lebhaft rühren muß. Es ist mir schmerzlich, daß Sie Ursache haben, Sich über Ihr Gedächtniß zu beklagen; und wenn

ich mich in einigem Betracht jünger als Sie
ansehen kann, so ist es in Rücksicht des treuen
Andenkens, das ich von allem, was mir an
Ihnen gefiel, erhalten habe. Die zween Sommer, welche wir miteinander zugebracht haben, sind immer meinem Gedächtniß gegenwärtig; sie sind vor meinen Augen verschwun-
den, wie ein herrlich glänzendes Bild eines
süßen Lebens und einer bessern Gesellschaft,
als diese Welt gewöhnlich, auch ihren Lieb-
lingen verschaft.

Mein würklicher Zustand ist der eines vollkommen freyen Menschen; und es kömmt nur
auf mich an, zu gehen, wohin ich will; wenigstens wenn mich der elende Körper, den
ich herumschleppen muß, nicht daran verhin-
dert. Ich war dieses Jahr einige Zeit bei
Milord Bathürst, und bei Milord Peterbo-
rowgh; sie reden oft von Ihnen, lieben Sie,
und wünschen sehr, Sie zu sehen. Gegenwärtig bringe ich mein Leben zwischen Dawley,
Londen und Twickenham zu, ohne grade be-
schäftigt oder müssig zu seyn, mehr gestimmt,
alte Werke auszufeilen, als neue zu machen.
Oefters durchgehe ich auch Stücke, die schon

seit langer Zeit liegen geblieben sind; und Sie
werden eins von dieser Art sehen, welches ich
unserm alten Freunde Arbuthnot zugeeignet
habe.

Ich war bis an diese Stelle meines Briefs
gekommen, welchen ich den nemlichen Abend
zu schließen dachte, als ich Besuch bekam,
der mich daran verhinderte.   Den andern Tag
hatte ich einen heftigen Anfall vom Fieber,
der mich fünf Tage im Bette hielt, und noch
muß ich das Zimmer hüten; aber ich bin schon
wieder soweit hergestellt, daß ich morgen aus-
gehen kann, und selbst auf Verordnung des
Dr. Arbuthnot.   Der gute Mann befindet sich
selbst nicht besser, obschon sich sein Zustand seit
zween Monaten nicht verschlimmert hat.   Ihr
Brief hat ihm die lebhafteste Freude verursacht.   Wollte Gott! daß wir uns noch einmal
beisammen befänden vor jener Trennung, die
ich so gern als den ersten Schritt zu einer langen Vereinigung betrachte!   Aber nur Er,
welcher uns zu Absichten, die wir nicht er-
gründen können, schuf, weiß, ob es gut oder
böse für uns ist, daß die Neigungen dieses
Lebens, auch in dem künftigen noch fortdauern

oder nicht. Uebrigens wird alles seyn, wie
es seyn soll. So lange ich auf der Erde seyn
werde, wird mein Glück unvollkommen seyn,
da ich solcher Freunde wie Sie, beraubt bin!
Sie sind gleichsam ein Glied, das ich verloren habe, und welches in einem fremden Lande
ist begraben worden; obschon ich von Ihnen
getrennt bin, so lassen mich doch tausend Dinge fühlen, daß Sie ehedem einen Theils meines Selbsts ausgemacht haben. Ich betrachte Sie auf solche Weise immer wie einen
Freund, und vergesse, daß Sie Schriftsteller
sind, vielleicht auch, daß ich mir zu viel Freiheit in diesem Betrachte nehme; allein ahmen
Sie mir nach. Indessen, wenn ich Sie überreden könnte, die lezte Hand an die drei Abhandlungen zu legen, welchen nur eine noch-
malige Durchsicht fehlt, so glaubte ich, dem
Publikum einen grössern Dienst geleistet zu haben, als wenn ich ein neues Werk für meine
Rechnung machte.

Ich bin fast am Ende meiner moralischen
Arbeiten! mein Geist ist am Ziele, mein System kurz, und der Kreis meiner Ideen ein-
geschränkt. Die Einbildungskraft hat keine

Grenzen; aber fobald man fich im Bezirk der
Warheit, oder beffer zu reden, vom Schein
der Warheit eingefchloffen fieht, erlauben uns
unfere Feffeln nicht, weiter zu gehen. Ich
geftehe, daß man mit Hülfe einer metaphyfi-
fchen Kette von Ideen ewig im Kreife herum-
gehen kann, aber ohne jemals die Kreißlinie
zu überfchreiten. Dies ift der Grenzftein.
Diefes Unvermögen gefällt mir gar nicht.

Milord Bolingbrok ift weitfchichtig, und
er ift es nur: um eine noch gröffere Menge
von Bänden zu vernichten, welche er nicht her-
vorgebracht hat. Ich fürchte fehr, ich lebe
nicht lang genug, um fein Werk gedruckt zu
fehen; dem erften Verfe meines erften Ver-
fuchs zum Trotz ift er mit einigen Menfchen
in befonderheit fo befchäftigt, daß er das
menfchliche Gefchlecht darüber vernachläßigt,
und daß er fich mehr an die Welt, als an das
Univerfum hält. Durch diefe Welt verftehe ich
Europa, Engelland, Irland, London, Dublin,
den Hof, unfere kleinen Gefchäfte, und endlich unfere einzelnen Menfchen. Wenn Sie
ihm oder mir fchreiben (denn wir nehmen
Ihren Vorfchlag an) fo beurtheilen Sie ihn

ernsthaft wie ein Gottesgelehrter, oder besser,
weisen Sie ihn zurecht durch einen Scherz,
wenn Ihnen dieses Mittel sicherer scheint, als
das andere. Das was ich Ihnen schreibe,
wird Ihnen ein Beweiß seyn, daß mein Kopf
noch schwach ist.

Sie müssen einen meiner Briefe durch einen Ihrer Landsleute, den ich nicht kenne,
bekommen haben; allein jeder, der aus Irland kömmt, gibt sich für einen Freund des
Dechants aus. Alle, die diesen Titel verdienen, werden mir theuer seyn; also, daß das,
was ich Ihnen gesagt habe, Sie nicht hinde-
re, einigen Ihrer Freunde Aufträge zu geben.
Leben Sie wohl.

Vier und siebenzigster Brief.

Von
Dr. Swift an Herrn Pope.

den 12. May, 1735.

Gestern landete Herr Stopford und schickte mir Ihren Brief: ich habe ihn aber noch nicht gesehen.   Was mein Stillschweigen betrift, so ist eben das, Gott weiß es! mein größtes Unglück.   Meine kleine häusliche Angelegenheiten sind durch die Betrügerei der Verwalter, und das Elend dieses Landes, wo kein Geld zu haben ist, in die größte Verwirrung gesezt: auch kann ich nicht ungerührt bleiben, wenn ich sehe, daß alles hier und in Engelland zur

unumschränkten Gewalt abzielet * (hier ist sie
schon in ihrer Vollkommenheit) obgleich ich
nicht so lange leben werde, sie eingeführt zu
sehen. Diese Lage der öffentlichen und Pri-
vat-Sachen macht mich so niedergeschlagen,
daß ich fast für jede Gesellschaft, jede Lustbar-
keit und jedem Zeitvertreibe, unschicklich bin.
Der Tod des Hr. Gay und des Doktors hat
mein Herz erschrecklich verwundet. Ihr Leben
würde mir zum grossen Trost gereicht haben,
obgleich ich sie nie wieder gesehen hätte. Sie
würden mir eine Summe Geld in einer Bank
gewesen seyn, von der ich meine jährliche Zinsen empfangen hätte, so wie ich sie von Ihnen
empfange; und von Mylord Bolingbroke empfangen habe. Um Ihnen zu zeigen, wie unwissend ich hier lebe, muß ich Ihnen sagen,
daß ich nur erst vor vierzehn Tagen von dem
Tode der My Lady Mosham erfahren habe,
die bey allen Veränderungen meine beständige
Freundin gewesen ist. Gott behüte, daß ich
Sie zu einer Seereise überreden sollte, die

---

*) Der Dechant ward öfters vom Schwindel ge-
plagt, wie er selbst sagt.

nur im geringsten Ihre Gesundheit angreifen
könnte: allein, wie unglücklich bin ich unter-
deſſen nicht, daß mein beſter Freund gerade
ein ſolches in ſeiner Art einzige Uebel haben
muß, für das eine Seereiſe kein Hülfsmittel
iſt! der alte Herzog von Ormond pflegte zu
ſagen, er möchte ſeinen verſtorbenen Sohn
(Aſtor) nicht gegen den beſten lebenden Sohn
in Europa vertauſchen: eben ſo möchte ich Sie,
meinen abweſenden Freund, nicht gegen den
beſten gegenwärtigen Freund, der auf dem
Erdboden zu finden iſt, vertauſchen.

Ich habe letzhin ein Buch geleſen, das
dem Lord B — zugeſchrieben wird, betitelt:
Abhandlung über Partheyen. Nach meiner
Meinung iſt es meiſterlich abgefaßt.

Gott vergelte Ihr gütiges Gebeth für mich:
ich glaube, daß es mir mehr Gutes thun wird,
als das Gebeth aller Prelaten von beiden
Königreichen, oder von ganz Europa, den
Biſchof von Marſeille * ausgenommen. Und

---

* Dieſer Biſchof blieb die ganze Zeit über, da
eine erſchreckliche Peſt die Stadt verheerte, bey
ſeiner Gemeinde.

Gott belohne Sie auch dafür, daß Sie mehr
zur Besserung der Welt beigetragen haben,
als alle unsre heutige Pfaffen zusammen genommen. Ich bin gänzlich der Ihrige.

Fünf und siebenzigster Brief.

Von

Dr. Swift an Herrn Pope.

den 3. Sept., 1735.

Diesen Brief wird Ihnen der Buchdrucker Faulkeer überliefern, der in seinen eignen Angelegenheiten nach England geht. Ich habe Ihren Brief schon seit zwei Monaten in Händen. Sie beklagen sich über den lüderlichen Schurken Curl. Ich wünschte herzlich, daß Sie bey dergleichen Anlässen so ungerührt bleiben könnten, wie ich. Ich kann mit David sagen: Herr! ich habe schmerzlich gesündiget, aber was haben diese Schafe gethan? Sie haben weder das Ministerium, noch die Lords, noch die Gemeinen, oder die Königinn, oder,

den,

den, der izt der zweite am Ruder ist, beleidiget. Denn Sie sind ein tugendhafter Mann,
und müssen folglich das Laster und alles Ver-
derbnis verabscheuen, obschon Ihre Bescheidenheit die Zügel hält. ” Sie brauchen we-
” gen unserer langen Unterhaltung keine Fol-
” ge zu fürchten, obschon ich keinen einzigen
” Ihrer Briefe verbrennt habe. Allein die
” Vollzieher meines lezten Willens sind ehr-
” liche, rechtschaffene und tugenhafte Männer,
” denen ich genauen Befehl ertheilet, jeden
” Brief zu verbrennen, der nach meinem To-
” de unter meinen Papieren gefunden werden
” dürfte. ” Ueberdem haben unsre Briefe
auch nichts Witziges, Politisches oder Satyri-
sches, sondern blos unschuldige Freundschafts-
bezeugungen enthalten. Doch würde es mich
schmerzen, wenn ein Brief von Ihnen und
wenig andren Freunden vor meinem eignen
Hintritt vernichtet werden sollte. Ich glaube,
keiner von uns hat je sein Haupt auf seine
linke Hand gestützt, um nachzudenken, was
er schreiben sollte: und doch haben wir von
unsrer ersten Jugend an bis zu unserm männ-
lichen Alter beständige Unterhaltung gepflogen,
und diese muß fortdauren bis an unser Ende,

B

welches ich jeden Monat erwarte. Ich besitze
so vielen Ehrgeiz, und das ist mir sehr ernst,
obgleich in Eile geschrieben, daß ich wünschte,
Sie dedicirten mir eine Epistel, weil ich noch
lebe, und das grade zu der Zeit, da Witz und
Weisheit ihre Höhe erreicht haben. Noch einmal muß ich wiederholen, was Cicero von einem Freunde verlangt; Orna me. Vor einem
Monat wurden mir von einem Freunde die
Werke John Hughes Esq. zugeschickt. Sie
sind in Prosa und Versen. Von dem Manne
habe ich in meinem Leben nichts gehört, und
doch finde ich Ihren Namen unter den Pränu-
meranten. Er ist für mich ein zu ernsthafter
Dichter, und wie ich denke unter den mediocribus
so wohl in Prose als in Versen. Ich habe
die Ehre den Dr. Rundel zu kennen: er ist
mehr werth, als alles, was Sie uns zugesandt haben: aber, das heißt noch nichts gesagt: er entspricht dem Charakter, den Sie
von ihm geben. Ich habe dreimal in seiner
Gesellschaft gespeißt. Er bracht einen würdigen irländischen Geistlichen als seinen Cappe-
lan mit sich, welches gewiß eine sehr weise
und populaire Handlung war. Sein einziger
Fehler ist, daß er keinen Wein trinkt, und
ich nichts andres trinke.

Jzt ist dieses Königreich nahe beym Ver-
hungern: jeder Unterdrückung, die man dem
Menschengeschlecht aufbürden kann, drückt uns
— Soll ich diese Dinge nicht heimsuchen?
sagt der Herr. Ihr Rath ist gut, mich gar
um die Welt nicht zu bekümmern: Aber die
Unterdrückung quält mich, und ich kann
ohne Essen und Trinken nicht leben, beydes
ist nicht ohne Geld zu haben, und Geld ist
nicht zu bekommen, es sey denn, daß man
mich zum Bischof, oder zum Richter, oder
zum Obersten, oder zum Commissair der königlichen Einkünfte mache. Leben Sie wohl.

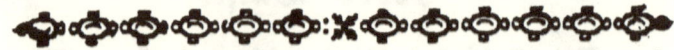

Sechs und siebenzigster Brief.

Von
Herrn Pope an den Dr. Swift.

Um Ihre Frage wegen dem Herrn Hughes zu beantworten: so muß ich Ihnen sagen, daß er das durch den Charakter eines ehrlichen Mannes ersezte, was ihm an Genie abging: doch war er von der Klasse, wie Sie glauben.

Ich freue mich, daß Sie von Dr. Rundle mit mir eine Meynung hegen. Er wird allen Bischöfen Ehre machen, nur einem eine Schande seyn: Zwei Dinge; die Ihnen gefallen werden: was Ihnen aber noch besser gefallen wird, ist; er wird auch Freund und Wohlthä-

ter gegen Ihren Freund, und unterhaltslosen
Theil der Nazion seyn; er wird ein Freund
des Menschengeschlechts seyn, wo er geht und
steht. Sagen Sie ihm, daß ich ihm langes
Leben und Gesundheit wünsche. Noch nie sah
ich einen Mann so selten, der mir so sehr als
Dr. Rundel gefiel. -

Lord Peterborow ist nach Lissabon unter
Segel gegangen; ich habe zum leztenmal Ab-
schied von ihm genommen: Kein Körper kann
mehr verheert, seyn, und keine Seele mehr
Leben haben. Gleich nach der empfindlichsten
Operation, da man ihm die Blase, wegen Zu-
rückhaltung des Harns zerschnitten, sezte er
sich in die Kutsche und fuhr von Bristol nach
Southampton. Dieser Herr wird nie wie ein
andrer Sterblicher leben oder sterben.

Der arme Lord Peterborow! Mit ihm
reißt wieder ein Faden, der mir geholfen hätte, Sie hieher zu ziehen. Er befahl auf seinem
Krankenbette, daß man mir seine Taschenuhr
geben sollte (diejenige die er auf allen seinen
Reisen bey sich geführt) mit diesen Worten:
" damit ich etwas haben möchte, mich seiner

" jeden Tag zu erinnern. " Diese Uhr war ihm vom Könige beyder Sicilien geschenkt, dessen Wapen und Insignia auf der innern Kapsel gestochen sind : auf der äussern habe ich diese Innschrift setzen lassen. Victor Amadæus, Rex Siciliæ, Dux Sabaudiæ &c. &c. Carolo Mordaunt, Comiti de Peterborow, D. D. Car. Mor. Com. de Pet. Alexandro Pope moriens legavit, 1735.

Schreiben Sie mir doch öfter, und wenn etwas in der Welt ist, das Ihnen gefällt, so sagen Sie es doch einem, der Theil daran nimmt. Ich billige mit Vergnügen Ihre itzige Sorgfalt, dem hülflosesten Theil der Welt unter die Arme zu greifen, jene Gegenstände (die Idioten) die am meisten unser Mitleid bedürfen, und gemeiniglich von den übrigen Geschöpfen, die gewiß weniger unschuldig sind, am mehrsten verachtet werden. Sie denken allezeit großmüthig, und dies ist von allen Mildthätigkeiten, die uneigennützigste; sie geschieht ohne die geringste Eitelkeit oder Ruhmsucht, denn sie widerfährt Leuten, die Ihnen nie dafür danken noch Sie preisen werden.

Gott verleihe Ihnen Ruhe, wenn Sie gleich kein Vergnügen haben: erträgliche Gesundheit, wenn Sie gleich keine vollkomne genießen: ein völlig ergebenes und gelassenes Gemüth, wenn Sie gleich nicht munter und lustig seyn können. Auf diese Weise lebe ich, und bin doch jünger als Sie; ich beklage mich nicht über mein Loos; könnte ich nur einige von denen bey mir haben, die ich liebe.

Siebenund siebenzigster Brief.

Von
Dr. Swift an Herrn Pope.

den 21. Octob., 1735.

Ihren Brief wegen Curl ꝛc. habe ich beantwortet: ich glaube meine Briefe sind diesesmal der Presse entgangen, weil sie nichts als Natürliches und Freundschaftliches enthielten, und von keinen Begebenheiten reden, die Figur in einem Briefe machen können. Voiture, Cicero, und Plinius schrieben ihre Briefe mehr fürs Publikum, als für diejenigen, an welche sie schrieben, und das freuet mich, weil sie mich unterhalten haben. Balsac that das nemliche, aber gezwungner und steifer, und

folglich verschaffen die seinige nicht so viele
Unterhaltung. Nun muß ich Ihnen sagen,
daß Sie mich als einen Mann betrachten müssen, der sich sehr geschwinde aus dieser Welt
weg machen wird, aber mein Fleisch und meine Gebeine sollen nach Holyhead gebracht werden, denn ich will nicht in einem Lande von
Sklaven begraben liegen. Ich freue mich,
daß Sie, troß Ihrer Philosophie einmal anfangen überhaupt ein Misvergnügen an den
Dingen dieser Welt zu finden. Reisen kann
ich nicht, sonst würde ich Sie besuchen: ich
versichre Ihnen das auf's feyerlichste. Ich
habe Lust diesen Winter auf dem Lande, vierzig Meilen von hier bey einem Freunde zuzu-
bringen, und nur zehn Meilen des Tages zu
reiten. Aber meine Gesundheit ist so unzu-
verläßig, daß ich es schwerlich werde dahin
bringen können. Ich reite oft zwölf Meilen
des Tags, aber ich kehre Abends immer wieder nach meinem eignen Bette zurück. Das
Beste für mich würde wohl seyn, daß ich eine
Frau nähme, denn in diesem Fall wäre jedes
Bette besser als mein eignes. Ich fand Sie
zuerst als einen sehr jungen Menschen, und
ich verließ Sie in Ihren mittleren Jahren.

B 5

Sie kannten mich in meinen mittleren Jahren, und jezt bin ich ein alter Mann. Wo ist My-lord — ? Mich deucht, ich frage nach einer Tulipan vom verwichenen Jahre. "Sie brau-" chen nicht zu besorgen, daß Curl einen ein-" zigen von Ihren Briefen an mich in die " Hände bekömmt. Ich werde sie zwar nicht " verbrenne ; aber die Vollzieher meines lez-" ten Willens haben diesen Auftrag. " Ich hätte noch tausend Dinge zu sagen, longævi-tas est garrula, aber ich erinnere mich, daß ich noch andre Briefe zu schreiben habe, und so, leben Sie wohl.

Acht und siebenzigster Brief.

Von
Dr. Swift an Herrn Pope.

den 9. Febr., 1735. 36.

Ich kann Sie eigentlich nicht meinen besten Freund nennen, denn es ist mir kein andrer übrig, der diesen Namen verdiente, solche Verheerung haben die Zeit, der Tod, das Exil und die Vergessenheit angerichtet. Vielleicht würde ich weniger über meine schlechte Gesundheit und niedergeschlagenes Gemüth klagen, wenn diese nicht noch zur Entschuldigung dienten, daß ich auch sogar Ihre Briefe öfters erst so späte beantworte. Was Sie von der Gleichgültigkeit gemeiner Freunde sagen, ist vollkommen richtig, wir mögen ge-

sund oder krank, glücklich oder elend seyn.
Sogar die Dienstmägde im Hause haben die
nemliche Begriffe davon. Ich habe sie oft sagen hören: Ach! es ist mir sehr übel, wenn
es nur Jemanden leid thäte! Ich möchte ra-
send werden, wenn man mich mit dem hier
gewöhnlichen Komplimente besucht; Herr Dechant, ich hoffe, daß Sie gesund sind. Meine Populratial, deren Sie erwähnen, erstreckt
sich blos auf das gemeine Volk, welches standhafter ist, als die, so wir mit Unrecht ihre
Höhern nennen. Ich durchwandle die Stras-
sen, wie meine geringere Freunde, und diese,
und zwar allein ziehen ihren Hut vor mir ab,
und grüssen mich auf alte Rechnung, die die
Vornehmen längst vergessen haben. Allein von
allen, die in Ehrenstellen sitzen, und die Gewalt
in Händen haben, geniesse ich keine Freund-
schaftsbezeugungen, nicht einmal Höflichkeiten.
Ich kann mich nicht rühmen, daß ich einen einzigen geistlichen oder weltlichen Lord im ganzen
Reiche kenne, noch ihn besuche: bin auch nicht
im Stande dem verdienstvollesten Mann den
geringsten guten Dienst zu leisten: ausgenommen was ich bey einer ledig gewordenen Stelle
in meiner eignen Cathedralkirche zu vergeben

habe. Die abscheuliche Bestechung und das
Verderbniß, die sich in jedem Zweige der öffentlichen Geschäfte eingedrungen haben, setzen mir mehr zu, als Krankheit und Alter
thun könnten.

Ich danke Ihnen herzlich für die übersez-
ten, singula de nobis anni &c. Sie haben selbige in ein starkes und vortrefliches Licht gesetzt:
doch gefallen mir aus blosser Partheylichkeit
jene noch mehr, die mir die größte Ehre erzeigen sollen, so ich mir je von der Nachkommenschaft versprechen kann; gewiß werden sie die
Bosheit von zehn tausend Feinden überwie-
gen. Ich habe sie nie zuvor gesehen, es ist
also ausgemacht, daß Ihr Brief in unrechte
Hände gerathen ist. Ausser Zweifel haben Sie
viele neue Bekanntschaften gemacht, worunter
auch Verdienstvolle seyn werden. Denn die
Jugend ist die eigentliche Jahrszeit für die
Tugend: das Verderbniß kommt erst mit den
Jahren, und ich glaube, daß der älteste
Schelm in England, auch der größte sey.
Sie haben noch Jahre genug vor sich, um zu
beobachten, ob diese Ihre neue Bekannten ihre Tugend bewahren werden, wenn Sie von

Ihnen weg und in die Welt gehen: wie lange
wird ihr Geist der Unabhängigkeit wider die
Versuchungen künftiger Minister und künftiger
Könige aushalten. — Von der Familie des
neuen Viceregenten kenne ich Niemanden, so
daß ich mir keinen Dienst von ihm für einen
würdigen Freund versprechen darf.

Neun und siebenzigster Brief.

Von

Dr. Swift an Herrn Pope.

den 7. Febr. 1735 ‧ 6.

Vor einiger Zeit speißte ich bey dem Bischof von Derry, wo der Herr Secretaire Cary mir mit vielem Mitleid sagte, daß Sie sehr krank wären. Seitdem habe ich nichts weiter gehört, bin aber in beständiger Unruhe mehr wegen mir und der Welt als wegen Ihnen gewesen: denn ich weis sehr wohl, daß Sie als Philosoph und als Christ das Leben sehr geringschätzen, besonders als Christ, worinnen es von einer Million von uns Ketzern kaum einer gleich thun kann. Sind Sie völlig wie-

der genefen, fo verdienén Sie den Vorwurf,
daß Sie mir insbefondre meine Unruhe nicht
benommen haben , der ich Ihren Verluſt
durchaus nicht würde ertragen können: freylich find mir beyde auf ewig von einander getrennt , fo gut als wenn wir im Grabe lügen,
wozu meine Jahre und meine beſtändige Un-
päßlichkeiten mich jeden Tag mehr und mehr
vorbereiten.   Ich habe zu lange aufgeſchoben
Sie um eine Nachricht von Ihrer Gefundheit
zu bitten , die mich hätte wieder beruhigen
können.   Verfahren Sie doch nach diefem nicht
fo hart mit mir.   Ich betrachte Sie als ein
Gut, von dem ich jährlich meine beſten Zinſen
hebe, obgleich ich es niemals zu fehen bekomme. Herr Tickel kam juſt auch dazu als die
obige böfe Nachricht erzählt wurde : er nahm
herzlichen Antheil daran, und das thaten hundert andre, die Sie nicht kennen.

Ich las dem Bifchof von Derry die Stelle
in Ihrem Briefe vor, welche ihn betrift.   Er
dankte auf eine Art, die feiner würdig war.

Itzt bleibt mir Niemand übrig, als Sie.
Seyn Sie doch fo gütig und überleben mich,

und sterben dann sobald als Sie wollen, nur
ohne Schmerzen: Dann wollen wir an einem
bessern Ort wieder zusammen kommen, wenn
es anders meine Religion, oder meine Tugend,
die der Ihrigen so wenig gleich kömmt, erlaubt.   Sagen Sie doch dem Lord Bathurst,
wie sehr ich ihn liebe: ich will durchaus, daß
er sich meiner erinnere, obschon er in der Welt
zu groß ist, um einen abwesenden Freund mit
seinen Briefen zu beehren.   Mit meiner Gesundheit darf ich nicht pralen: mein Schwindel vergeht und kommt wieder: ich schlafe ruhig, habe aber wenig Lust zum Essen.   Izt
könnte ich eben so leicht ein Gedichte in der
chinesischen, als in meiner eignen Sprache
schreiben.   Ich bin zum Ehestand eben so geschickt wie zur Erfindung: und doch mache ich
täglich Entwürfe zu unzählbaren Abhandlungen und Versuchen in Prose: bisweilen komme ich gar so weit, daß ich mit sechs Zeilen
fertig werde, die doch den andern Tag mit
in's Auskehrigt kommen.   Was mich am meisten schmerzt, ist, daß meine weibliche Freunde mich verlassen, die mich doch vor ein Dutzend Jahren gar wohl leiden konnten: ich bin
doch izt, nach Verhältnis gegen diese Frauen-

C

zimmer nicht so alt, als ich damals war: ich
will es durch die Arithmetik beweisen, denn
damals war ich zweymal so alt als sie, welches ich izt nicht bin.   Benehmen Sie mir
doch meine Furcht wegen der bösen Zeitung
von Ihrer Krankheit, so bald Sie können,
und lassen mich wissen, wer der Ebeselden ist,
den Sie kürzlich zu Ihrem Günstling aufgenommen haben.   Auch möchte ich etwas von
Ihrem Nachbar hören, der mir von Bath geschrieben hat.   Man sagt, er sey durchaus entschlossen, den Testeid abzuschaffen: das schmerzt
mich ausserordentlich und ist wider die Grundsätze aller weisen christlichen Regierungen, welche allezeit eine festgesezte Religion hatten, und
die übrigen höchstens nur duldeten.

Leben Sie wohl, theurster Freund! Sie
sind mir ewig werth wegen jeder Ursache, die
Freundschaft und Hochachtung hervorbringen
kann.

Achtzigſter Brief.

den 25. Merz, 1736.

Wenn ich je mehr Epiſteln in Verſen ſchrei-
be, ſo ſoll eine davon Ihnen gewidmet ſeyn:
ich habe lange darüber nachgedacht, ich habe
ſie angefangen, allein ich möchte gerne das,
was mit Ihrem Namen prangt, ſo vollkommen machen, als mein leztes Werk ſeyn ſollte, das iſt vollkommner, als alle übrigen. Der
Gegenſtand iſt groß, und wird ſich in vier
Epiſteln eintheilen laſſen, die dem Verſuch über
den Menſchen folgen ſollen, nemlich: 1. Ueber
die Erſtreckung und die Grenzen der menſchli-
chen Vernunft und Wiſſenſchaft. 2. Ueber
die nützlichen, und folglich zu erlangenden
Künſte, und über die unnützen, und folglich
nicht zu erlangenden Künſte. 3. Von der Na-

tur, den Endzweck, die Anwendung und den
Nutzen verschiedener Fähigkeiten. 4. Von
dem Nutzen der Gelehrsamkeit, der Kenntniß
der Welt, und des Witzes. Eine Satyre wider den üblen Gebrauch aller dieser Eigenschaften, durch Bilder, Karaktere und Bey-
spiele erhellet, soll das ganze schliessen.

Aber leyder! das Werk ist groß, und non
sum qualis eram! Mein Verstand hat sich in der
That ehe erweitert als abgenommen. Ich sehe
die Dinge mehr im Ganzen, mehr übereins
kommend und klarer. Aber was ich auf Seiten der Philosophie gewinne, das verliere ich
auf Seiten der Poesie. Die Blüthe ist fort,
wenn die Früchte anfangen zu reifen: ja die
Früchte selbst werden vielleicht nie zur völligen
Reife gelangen. Das Clima (unter unserm
Hofhimmel) ist kalt und unstät; die Winde
brausen und der Winter kömmt heran. Ich
bin gar nicht geneigt ein neues Haus zu
bauen. Mir bleibt nichts übrig, als die
Ueberbleibsel vom Schifbruch zu sammlen,
und mich umzuschauen, wie wenige Freunde
noch da sind. Sagen Sie mir doch, wessen
Hochachtung oder Bewunderung sollte ich izt

wohl suchen durch meine Schriften zu erlangen? Wessen Freundschaft und wessen Umgang? Ich bin in verzweifelten Glücksumstän-
den, das ist, ich bin ein Mann, dessen Freunde
gestorben sind: denn ich habe nie nach einem
andern Glücke getrachtet, als nach dem Glücke
der Freundschaft. Sobald ich meinen lezten
Brief abgesand hatte, erhielt ich einen sehr
gütigen von Ihnen. Sie bezeigen Ihr Mitleid über meine tezliche Krankheit bey Cheselden. Ich vermuthe, daß Ihre freundschaft-
liche Furcht für mein Leben Sie wenig Tagen
nach dem Abgang Ihres Briefes verloren
haben wird, dann da müssen Sie schon den
meinigen erhalten haben. Ich wundre mich
über Ihre Frage, wer Cheselden ist? Es beweißt, daß das wahre Verdienst nirgends so
weit reiset, als auf den Flügeln der Poesie.
Cheselden ist der berühmteste und verdienstvol-
leste Mann der ganzen Wundarzeneykunst: er
hat das Leben von tausenden durch seine Art
den Stein zu schneiden gerettet. Izt bin ich
wohl, oder was ich doch so nennen muß.

Ich habe kürzlich einige Schriften von Lord
B — seit seiner Abreise nach Frankreich, ge-

lesen. Nichts kann sein Genie unterdrücken.
Es befalle ihm, was da wolle, er wird immer
der größte Mann von der Welt bleiben: so
wohl bey seinen Zeitnossen, als bey der Nachwelt.

Jeder Ihrer Bekannten und jeder den Sie
lieben, erkundiget sich nach Ihnen, und zahlt
Ihnen die einzige Pflicht, die er zahlen kann:
er trinkt Ihre Gesundheit. Ich wünsche, Sie
hätten eine Bewegursache, dies Land zu besuchen. Ich könnte Sie bey mir bewirten,
denn ich bin reich, das ist, ich habe mehr, als
ich brauche. Ich könnte zwey Zimmer für Sie
und zween für Ihre Bediente einräumen. Platz
habe ich genug, da ich ganz alleine daheim bin:
die gütige, herzige Hausfrau ist gestorben:
die angenehme und lehrreiche Nachbarin ist
auch todt! und doch sind mein Haus und meine Gärten erweitert worden: leztere blühen,
als wenn sie nichts von ihren verlornen Gä-
sten wüsten. Ich habe mehr Fruchtbäume und
Küchengärten, als Sie sich wohl einbilden.
Ja ich habe Melonen und Orangen von meiner
eignen Pflege. Ich bin, seit dem Sie mich
gesehen, ein weit besserer Gärtner, aber auch

ein weit schlechterer Poét geworden. Doch
die Gärtnerey grenzt nahe an die Philosophie:
Cicero sagt, Agricultura proxima sapientiæ.
Warum sollten nicht Sie (der Sie noch eine
Stufe über dem Philosophen erhaben, ein
Theolog sind, und doch zum Bischof zu viele
Gnade und Witz haben) warum sollten nicht
Sie, den Armen von Irrland alles geben was
Sie haben, das Land verlassen und bey mir
leben und sterben? Dann soll Tales animæ con-
cordes unser Wahlspruch und unsre Grabschrift
seyn.

Ein und achtzigster Brief.

Von

Dr. Swift an Herrn Pope.

Dublin, den 22. April, 1736.

Mein gewöhnliches Uebel, die Taubheit
macht mich zu aller Gesellschaft unfähig; dieß
allein benimmt mir alle Gedanken nach England zu gehen ; ich bin nie eine ganze Woche
davor gesichert. Wäre es doch ein gutes ehrliches Podagra, so könnte ich eine Zwischen-
zeit erhaschen, eine Reise zu thun: unterwegs
würde ich ein gutes warmes Zimmer und einen Lehnsessel haben : ich könnte doch meinen
Freunden zuhören, und mitbrüllen. ” We-
” gen Ihren Briefen muß ich Ihnen sagen,

„ daß da Sie wahrscheinlicher Weise noch so
„ viele Jahre mehr zu leben haben, als ich,
„ so bin entschlossen die Vollziehern meines
„ lezten Willens dahin anzuweisen, daß Sie
„ Ihnen Ihre Briefe insgesamt, wohl ver-
„ siegelt und eingepackt, zugleich mit einigen
„ Vermächtnissen aus meinem Testamente,
„ zusenden sollen. Sie mögen hernach, nach
„ eignem Belieben mit allem schalten und wal-
„ ten, wie es Ihnen gefällt. Dieses ist alles
„ zusammen schon eingepackt, überschrieben,
„ und in einer Chatouille verschlossen. Keiner
„ von meinen Bedienten kann so zu sagen le-
„ sen oder schreiben. Kein Sterblicher soll
„ eine Abschrift von Ihren Briefen nehmen,
„ sondern sie sollen Ihnen sicher wieder zuge-
„ stellt werden, wenn ich nicht mehr bin.„
Es ist mir nahe gegangen, daß Sie mich
bisher ganz in Ihren Episteln vergessen haben,
aus keiner andern Ehrsucht, als weil ich An-
spruch auf Ihre Freundschaft habe, und nur
in diesem Sinn erwarte ich noch die Erfüllung
Ihres Versprechens, wann Gesundheit, Muse
se und Neigung es Ihnen erlauben. Ich
läugne, daß Sie auf Seiten der Poesie etwas
verloren haben. Ich könnte aus Erfahrung

wider Sie reden. Sie sind itzt, und werden
noch einige Jahre in dem Alter seyn, da die
Erfindungskraft blüht und die Beurtheilung
in ihrer völligen Reife ist: aber Ihre Gegenstände sind weit schwerer zu behandeln, wenn
Sie sich die Fessel der Verse anlegen. : Ich er-
staune, wenn ich sehe, wie Sie die ganze Wiss-
senschaft der Sittenlehre auf eine so meister-
hafte Art erschöpft haben. Sir. W. Temple
sagte " daß der Verlust eines Freundes eine
Taxe auf das lange Leben wäre. " Bey Ihnen braucht es nicht sehr lang zu seyn, denn
Sie haben noch viele Jahre vor sich, ehe Ihr
Leben Lang heissen kann, und ich habe kaum
eines mehr zu hoffen; und in diesem Lande
nur wenige gemeine Gesellschafter von gutem
Herzen und mittelmäßigen Verstande. Wie
sollte ich Eheselden kennen? Jenseit der See,
kommen die Leute auf und sterben, ehe wir
hier das geringste davon wissen; zum wenigsten ich nicht. Was Sie mir vom Lord B —
sagen, daß nemlich sein Genie noch immer die
Oberhand behält, und sich durch Werke zeigen
will, die des Verfassers würdig und der Welt
nützlich sind, tröstet mich in etwas. — Gemeine Gerüchte haben mich wegen unserm Nach-

barn Herrn P.... sehr beunruhiget. Man
sagt, er sey dem Tode sehr nahe gewesen.
Ich liebe ihn, weil er in den verderbtesten
Zeiten ein guter Patriot ist, und schätze ihn
doch wegen seines vortreflichen Verstandes;
Nichts, als die böse Art meiner Krankheit,
wie ich sie oben beschrieben habe, die mich zu
aller Unterhaltung ungeschickt macht, könnte
mich verhindern Sie zu Twickenham zu besuchen und nach Paris Ihre Pflegerin zu seyn.
Kurz, meine Gebrechen dienen mir statt eines
Verbots gegen alles, und doch bin ich so,
wie Sie sich beschreiben, nemlich ich bin so,
daß ich es wohl nennen muß: aber keinen
Muth zum Reiten spähre ich mehr; dieses war
vormals, (spaziren ausgenommen) meine
einzige Ergötzlichkeit. Itzt werde ich wohl jeden Monat abnehmen, wie einer, der von
seiner Hauptsumme lebt, die sich jeden Tag
verringern muß: in der That bin ich fast buchstäblich in diesem Fall: Jederman ist mir
schuldig, und Niemand zahlt mich. Statt
daß Sie auf Ihrer Seite des Meers ein jun-
ges Geschlechts Patrioten aufweisen können,
welches mir doch einen freudigen Blick in die
Zukunft gibt, haben wir hier ein Geschlecht

von jungen Dummköpfen und Atheisten, oder
alten Betriegern und Ungeheuern, wovon der
vier fünftel Theil ruchloser und dümmer ist,
als selbst Chartres. Ihre Nothwendigkeiten
sind so wenig, daß Sie eben nicht reich zu
seyn brauchen, um selbige abzuhelfen; meine
sind so viel, daß des Königs sieben Millionen
Guineen nicht hinreichen würden.

Zwei und achtzigster Brief.

Von

Herrn Pope an Dr. Swift.

den 17ten Aug. 1736.

Ich habe zwar weniger Erfahrung, wie Sie, allein ich finde doch, daß das, was Sie mir vor einiger Zeit sagten, seine Richtigkeit hat: nemlich, daß Leute bey zunehmenden Jahren gerne mehr plaudern und weniger schreiben. Bey mir ist es so weit gekommen, daß ich izt gar keine andere Briefe mehr schreibe, als die meine Geschäfte erfordern. Gerade lauter solche Briefe, "Wie befinden Sie sich" 2c. an solchen, an denen ich entweder aus Noth- wendigkeit oder aus Freundschaft schreiben

muß: laconisch werde ich über allen Laconicis-
mus hinaus: denn bisweilen antworte ich
weiter nichts als Ja, oder Nein; auf fra-
gende oder ersuchende Episteln einer halben
Elle lang. Nur an Sie und Lord Bolingbroke
schreibe ich gerne und das allemal in Folio:
Sie sind in der That die zwey einzigen Männer, die ich kenne, welche in diesem Jahrhundert schreiben könten, und deren Schriften
das nächste Zeitalter erreichen werden. Alle
andre sind bloße Sterbliche. Mit allen Fehlern, die solche Männer haben mögen, gebühret
ihnen doch Ehrfurcht, denn sie sind Lichter, deren
Erhebung ihre Bewegung etwas unregelmäßig
macht, oder vielmehr sie desto besser sehen läßt.
Ich fürchte mich etwas zu tadeln, das ich vom
Dr. Swift höre, weil ich es nur von Sterblichen höre, die blind und dumm sind. Und
Sie sollten vorsichtig seyn irgend einen Schritt
oder eine Handlung vom Lord Bolingbroke
zu kritisiren, weil Sie blos von seichten, neidischen oder boshaften Uebertägern hören.
Was Sie mir wegen ihm geschrieben, finde
zum meinem großen Aergerniß in einem andern Ihrer Briefe an — wiederholt. Ist alles was Sie mir nur zu verstehen geben, auch

für die Unheiligen? ist es wahr, so sollte man
es verbergen: allein es ist, ich versichere Sie,
völlig in jedem Umstand falsch. — Er hat sich
einen sehr angenehmen Auffenthalt nahe bey
Fontainebleau zu seiner Einsiedeley erwählt,
und seine einzige Beschäftigung ist vacare
Litteris. Aber, sagen Sie mir die Wahrheit,
waren Sie nicht böse, weil er so lange nicht
an Sie geschrieben? ich hätte es seyn dürfen;
denn ich höre seltner etwas von ihm, als von
Ihnen: höchstens zwei oder dreimal im Jahr.
Ist es Ihnen möglich zu glauben, daß er Sie
vernachläßigen oder vergessen kann? Wenn
Sie sich selbst betreffen, daß Sie solchen Un=
sinn denken, so haben Ihre Gaben des Geistes
in der That abgenommen. Denn glauben Sie
mir, ein grosses Genie muß und wird ein
andres hochschätzen, und mir ist es noch zwei=
felhaft, ob andre ein ungemeines Verdienst
hochschätzen oder begreifen können. Andre ra=
then bloß ein solches Verdienst, oder sehen
das Schimmern einer grossen Seele: Ein Ge=
nie hat eine anschauende Fähigkeit. Denken
Sie also, was Sie wollen, Sie können kei=
nes andern Hochachtung so sehr versichert seyn,
als der seinigen. Wenn ich glauben kann,

daß weder er noch Sie mich verachten, so ist
diese Ehre weit grösser, und wird auch
von der Nachwelt davor gehalten werden,
als wenn das ganze Haus der Lords Lob-
gedichte auf mich machte, das Unterhaus
mir befehle meine Werke zu drucken, wenn
die Universitäten mir öffentlichen Dank ab-
statteten, und der König, die Königinn und
die Prinzen mich mit Lorbeern krönten. Sie
sind ein sehr unwissender Mann; Sie wissen
die Figur nicht, die sein Name und der Ihrige dereinstens machen werden: ich weis es,
und will jedes Andenken aufheben und bewahren; daß ich einst Ihre Vertraulichkeit hatte;
longo, sed proximus, intervallo. Ich mag mit
unserm Jahrhunderte nicht zanken, es hat genug für mich gethan, indem es Sie beide zu
meinen Freunden gemacht, und unsre Freundschaft erhalten hat. Seyn Sie auch nicht zu
böse über unser Jahrhundert, und lassen Sie
es ihm auch nicht seyn: es hat keinen von Ihnen Schaden oder Leids gethan, und kann
Ihnen keines thun, so lange es nicht Ihre
Werke verbrennt hat, oder verbrennen kann:
so lange diese im Daseyn sind, werden Sie
leids; trotz den Prinzen und Ministern, als
die

Die größten Männer Ihrer Zeit erscheinen, und trotz allen Ihren kleinen Irrthümern auch die weisesten genennet werden.

Leben Sie wohl! mögen eine dauerhaftere Gesundheit Sie beglücken, als Sie vielleicht izt nicht geniessen: möchten Sie nur allzeit so gesund seyn, als ich izt bin; erträglich, wenn ein ruhiges Gemüth damit verbunden ist.

D

✠✠✠✠✠✠✠✠✠✠✠✠✠✠✠✠✠✠✠✠✠✠✠

Drei und achtzigster Brief.

Von

Dr. Swift an Herrn Pope.

den 2ten Decbr., 1736.

Ich denke, daß Sie mir eine Antwort schuldig sind: doch dem sey wie ihm wolle: ich bin
gar nicht im Stande gewesen zu schreiben.
Jahre und Gebrechlichkeiten haben mich ganz
zu Grunde gerichtet. Ich meyne jenes ver-
haßte beständige Uebel in meinem Kopfe. Ich
kann weder lesen noch schreiben, noch mich etwas erinnern, noch eine Unterredung halten.
Alles, was mir übrig bleibt, ist, zu spazieren und
zu reiten. Das erste kann ich noch so ziemlich, allein zu dem letzteren mangelt mir zu-

tes Wetter bey dieser rauhen Jahrszeit: und
da ich keine Unze Fleisch auf meinen Knochen
habe, so ist meine Haut abgerieben, ehe ich
zehen Meilen geritten bin: denn meine Haut
und meine Gebeine stimmen nicht überein.
Doch ich bin aufgebracht, weil Sie nicht
glauben wollen, daß ich so krank bin, als ich
wirklich bin. Sie schreiben mir aus bloser
Menschenliebe, obschon ich nicht antworten
kann. Mein Stand und die Unverschämtheit
der Leute quälen mich zu sehr, als daß ich noch
die Kränkung erdulden könnte, von meinen
wenigen übrigen und entfernten Freunden nichts
zu hören: kaum bleibt mir ausser Ihnen ein
Freund übrig, so haben Zeit und Glück die
Sachen geordnet. Ich fühle jeden Monat
mehr und mehr, was Horaz sagt, Singula de
nobis, anni prædantur; und nach dieser Rechnung muß es ein Wunderwerk seyn, wenn ich
noch zwei Jahre ausdaure. Mein Trost ist,
Sie fiengen so frühe an sich auszuzeichnen,
daß Ihre Bekanntschaft mit vorzüglich grossen
Leuten fast eben so alt, wie die meinige ist.
Ich meyne, Wycherley, Row, Prior, Congreve, Addison, Parnel rc. und troz Ihrem
Herzen haben Sie mir Zeitgenossen zu verdan-

ken gehabt.   Ohne die Lords Oxford, Bolingbroke, Harcourt, Peterborow zu erwehnen.
Kurz, dieser Tagen zählte ich sieben und zwanzig grosse Minister, alle Männe: von Witz und
Gelehrsamkeit, die alle seit zwanzig Jahren
meine Bekannten waren, und alle gestorben
sind: ich habe auch noch Gnade des Himmels
genug mit trockenen Augen zuzusehen, wie die
gegenwärtigen Zeiten, wie mein eignes Leben
auf die Neige gehen.   Mögen meine Freunde
in diesem und einem bessern Leben glücklich
seyn: es kümmert mich gar nicht, was aus
der Nachkommenschaft wird, wenn ich betrachte,
aus was für Ungeheuer sie entspringen muß. (*)
Mylord Orrery schreibt Ihnen morgen, und
dieser Brief geht unter seinem Couvert, oder
wenigstens von ihm frankirt ab.   Er hat St-

(*) Man sieht ohne meine Bemerkung, daß es
mit dem Schwindel des guten Swifts seine
Richtigkeit hatte.   Dieses ist das drittemal,
daß er den nemlichen Gedanken in den nemlichen Worten ausgedruckt wiederholt.

A. d. Ueberf.

ter von 3000 ₤. Einkünfte nahe bey Cork, und
seit mehr denn drei Jahren ist ihm kein Heller
angegangen. Dies ist unsre Lage zu diesen
gesegneten Zeiten. Ich schrieb vor ungefähr
einem Monat an Ihren Nachbarn und setzte
meinen Namen zu meinem Brief; ich befürchte, daß er ihn nicht empfangen habe, und bitte, ihn darnach zu fragen. Vielleicht aber ist
er auf der Reise; denn ich habe gehört, daß
er zu Neumarket war, und daß Boerhave
seine Gesundheit wieder hergestellt habe. Wie
meine Gröſſe mit der Anzahl meiner Freunde
auf Ihrer Seite des Meeres abnehmen! doch
Mylord Lathurst, Lord Mascham und Lord
Herr Lewis bleiben noch übrig, und da selbige
auch von Ihrer Bekanntschaft sind, so ver-
lange ich, daß Sie Ihnen bey der ersten Zusammenkunft meine Komplimente machen:
aber besonders von der Mad. P — laſſen
Sie mich doch wiſſen, ob diese Dame noch so
jung und angenehm ist, als sie das leztemal
war, da ich sie sah. Sind Ihre verstorbene
und verlorne Freunde durch neue wieder
ersezt worden? und kommen sie den ersten
gleich? Mir ist bange, es geht mit den Freunden, wie mit den Zeiten, und daß der lezte

tur temporis se puero auf beyde gleichrichtig an=
zuwenden sey.   Es schmerzt mich izt weniger
hier zu leben, weil es eine vollkomme Ein=
samkeit, und am besten für diejenigen ist,
welche Welt und Menschen zu gar nichts mehr
nüzzt sind: denn diese Stadt und das Königreich
liegen eben so weit aus der Welt als North Wal=
lis — Mit meinem Kopf steht es so übel, daß
ich mehr wie vormals einen ganzen Bogen
voll schreiben kann; und doch will ich aus
Liebe zu Ihnen keinen halben Zollen leer las=
sen.   Einige ihrer Briefe gaben mir Ursache
mehr Epistel über die Sittenlehre zu erwar=
ten; und ich versichere Sie, daß meine Be=
kannten es übel nehmen, nicht an der Spize
einer Ihrer Epistel meinen Namen gefunden
zu haben.   Der Gegenstand solcher Episteln
ist dem Publikaner, durch die Art, wie Sie
selbigen behandeln, weit nuzbarer, als alle
Ihre übrige Schriften: und obschon Sie in
einer so ruchlosen Welt, wie die unsrige ist,
unsre Sitten eben nicht sehr verbessern dürf=
ten, so wird doch die Nachwelt die Früchte
davon geniessen, so bald ein Hof kömmt, der den
geringsten Geschmack an Religion und Tugend
hat.

XXXXXXXXXXXXX:XXXXXXXXX

Vier und achtzigster Brief.

Von

Hrn. Pope an Dr. Swift.

den 30. Decbr., 1736.

Ihr sehr gütiger Brief hat mich schwermü-
thiger gemacht, als itzt sonst irgend etwas in
dieser Welt thun könnte. Denn ich kann alles, es sey so böse wie es wolle, besser ertragen,
als die Klagen meiner Freunde. Obschon
Sie mir sagen, daß Sie ziemlich gesund und
munter sind, so finde ich doch das Gegentheil,
wenn Sie Ihr Herz gegen mich erösnen. Und
in der That ist es nur Klugheit, wenn wir
eben nicht unsern Kummer wegen andre, noch

D 4

unfern eignen Jammer so ganz sehen lassen,
denn alle unsre Betrübnis und alle unsre Gebrechlichkeiten werden die Liebe und die Hoch-
schätzung unsrer gemeinen Bekannten gegen
uns nicht vergrössern. Aber unserm wahren
Freunde dürfen, müssen wir unsre Klagen über,
das vorbringen, worüber er, ich wette tausend gegen eins, auch mit uns klagen wird:
denn, wenn wir ihn lange gekannt haben, so
ist er alt, und wenn er die Welt lange gekannt hat, so ist er böse über dieselbe. Wenn
Sie nur bey Ihnen eben so viel mehr
Gesundheit denn andre vom nemlichen Alter
geniessen, als Sie mehr Witz und Gutsinn
haben, so werde ich Sie eben nicht sehr be-
mitleiden. Wenn Sie aber dereinsten wen-
ger haben, so werde ich auch desto mehr Mitleid für Sie fühlen. Ein ganzes Volk wird
über jedes neue Jahr frolocken, das den Ihrigen zugelegt wird: Sie hatten hievon letzthin ein Beispiel in den öffentlichen Freudens-
bezeugungen bey Ihrem Geburtsfeste. Gewiß gehöret etwas besseres als hohe Geburt
und vornehmer Stand dazu, um solche Merk-
male der allgemeinen Hochachtung und Liebe
zu erhalten. Ich habe gesehen, daß ein kö-

niglicher Geburtstag durch nichts als ein ge-
miethetes Freudenfeuer und einer niedern uns
kriechenden Ode gefeiert worden ist. Jahre
mögen Ihnen rauben, was sie wollen, sie können Ihnen nie die allgemeine Hochachtung für
Ihren Verstand, Ihre Tugend und Ihrer
christlichen Liebe rauben.

Die traurigste Wirkung der Jahre ist, wie
Sie sagen, das stets zunehmende Verzeichniß
derer, die wir liebten und verloren haben. Wie
sehr mich diese Betrachtung gerührt, werden
Sie aus dem Motto abnehmen, das ich meiner Sammlung Briefe, die mir so sehr wider
meine Neigung abgezwungen ist, vorangesetzt
habe. Es ist vom Catullus.

Quo desiderio veteres revocamus Amores,
Atque olim admissas Flemus amicitias!

Ich behalte diesen Brief zurück, bis ich ihn
sicher absenden kann: so unschuldig er auch ist,
und so wenig er auch, wie alle meine andre
Briefe, etwas enthält, das meine Obern be-
leidigen könnte: es müßte denn die Ehrfurcht
seyn, die ich dem wahren Verdienst und ver

D 5

Tugend zahle. " Doch ich habe viele Grün-
" de zu befürchten, daß diejenigen von mei-
" nen Briefen, die Sie mit zu grosser Par-
" theilichkeit in Händen behalten haben, wenn
" einer von uns sterben sollte, auf eine sehr
" unangenehme Art in die Welt rutschen dürf-
" ten: und das um desto mehr, weil Curl ver-
" wichenen Monat zwei Briefe aus Irrland
" erhalten, (einen von Lord Bolingbroke und
" den andern von mir, welche wir beide im
" Jahre 1723 an Sie geschrieben) und hier,
" so viel ich mich erinnern kann, völlig richtig
" drucken lassen, eine einzige Stelle, Dawley
" betreffend, ausgenommen; die seitdem,
" weil Mylord damals den Ort noch nicht im
" Besitz hatte, hinzugefügt worden seyn muß.
" Ihre Antwort auf diese Briefe hat er nicht
" bekommen; denn sie ist beständig in meiner
" eignen Verwahrung gewesen. Alles was
" man diesen dürftigen poetischen Lesern lei-
" het, es sey Witz oder Geld, ist verloren."

Die Welt wird gewiß von seiner Lebens-
änderung Nutzen haben. Nach dem Schwung
aller seiner Briefe zu urtheilen scheint er ein
standhafter Philosopy zu seyn, der nach Grund-

ſätzen handelt: der dem Glücke für die Ruhe
dankt, welche ſie ihm durch ihre Widerwärtig-
keit verſchaft hat; wie ein Menſch, der durch
Sturmwind aus der See in einen ruhigen
Hafen getrieben iſt. Sie fragen mich, ob ich
den Abgang meiner alten Freunde mit neuen
erſetzt habe? ich glaube, daß das unmöglich
ſey: denn nicht allein unſre Freunde verlieren ſich mit dem Laufe der Jahre, ſondern es
verliert ſich auch ſo viel von uns ſelbſt, daß
wenn uns auch die nemlichen Freunde wieder
zurückgegeben würden, ſo könnten wir doch,
was wir ſelbſt verloren haben, nicht wieder
erlangen, um dieſe Freunde zu genieſſen. So
wie das beſtändige Spühlen eines Fluſſes unſre
Blumen und Pflanzen mit fortreißt, und uns
an deren Stelle Unkraut und Riedgras hin-
wirft, eben ſo bringt uns der Lauf der Zeit
wieder etwas, indem er ſehr vieles raubt;
und anſtatt uns das zu laſſen, was wir ſelbſt
gepflegt haben, und wovon wir Blüthe und
Früchte erwarten, giebt er uns blos etwas,
das einigen kleinen zufälligen Nutzen hat. Eben
ſo habe ich einige wenige Ohngefehrbekannt-
ſchaften mit jungen Leuten erlangt, die mehr
auf das vergangene als gegenwärtige Jahrhun-

dert sehen, und wovon sich also das künftige
etwas zu versprechen hat. Wenn ich sie liebe, so geschieht es aus Ursache, weil sie einige von denen in Ehren halten, die ich und die
Welt verloren haben, oder doch bald verlieren werden. Zwei, oder drei von Ihnen
haben sich im Parlamente ausgezeichnet, und
das, wie Sie selbst gestehen werden, auf eine
nicht gemeine Art, wenn ich Ihnen sage, daß
sie die Unabhängigkeit behauptet und die Bestechung mit Verachtung abgewiesen haben:
Ein oder ein Paar von Ihnen verbindet die
Liebe zu den nemlichen Studien und Autorn
mit mir: Ihnen aber muß ich im Vertrauen
bekennen, daß meine moralische Fähigkeiten,
so weit über meine poetische die Oberhand gewonnen haben, daß ich wegen den letztern gar
keine Bekanntschaften, und wegen den ersten,
keine andre als solche habe, die man für wichtig halten kann. Doch mein Herz ist hart gegen alle neue Eindrücke geworden: kaum bleibt
eine neue Neigung einen Tag: die, welche
seit zwanzig Jahre begraben, sind mir immer
gegenwärtiger, als die, so ich täglich sehe.
Sie, werthester Freund, sind in allem Betracht einer von den ersten, nur daß wir noch

miteinander Briefe wechseln können. Ich weiß
nicht, ob es nicht eben deswegen noch schlimmer für uns ist, daß wir wissen, daß wir beide noch in der Welt sind, da wir doch weiter
keinen Umgang mehr mit einander haben können. Leben Sie wohl! Ich vermag weiter
nichts zu sagen; ich fühle zu viel — Ich muß
mich zu ganz gemeinen Dingen herunter lassen. Lord Mascham hat so eben seinen Sohn
verheyrathet. Herr Lewis seine Frau begraben. Lord Orford weinte aus Liebe und Freundschaft über ihren Brief. Mad. B — seufzt
mehr um Sie, als um den Verlust der Jugend. Sie sagt, sie wird noch viele Jahre
angenehm bleiben, denn sie hat das Recept
dazu aus einer Ihrer Schriften gelernt —
Leben Sie wohl.

Fünf und achtzigster Brief.

Von

Herrn Pope an Dr: Swift.

den 23. Merz 1736 · 37.

Wenn Sie auch niemals an mich schreiben sollten, so würde doch das, was Sie in Ihrem lezten verlangen, etwas sehr leichtes für mich seyn, nemlich daß ich oft an Sie schreiben möchte; denn ich rede jeden Tag mit Ihnen und von Ihnen in meinem Herzen, und ich brauchte nur das niederzuschreiben, was dieses Herze denkt. Je mehr ich mich demjenigen Zeitpunct des Lebens nähere, der aus

Sorge und Arbeit bestehen soll, je mehr lehne
ich mich auf jene wenige Stützen, die mir
übrig geblieben sind. In diesem Zustande sind
die Menschen in der That wie Stützen, allein
können sie nicht stehen; zwo oder drey aber
können zusammen stehen, sich an einander leh-
nen und aufrecht erhalten. Ich wünschte, daß
wir beyde diesen Theil des Lebens gesellschaft-
lich zubringen könnten. Meine einzige noth-
wendige Sorge hat itzt ein Ende. Ich bin
nur zu sehr mein eigner Herr: mein Haus ist
zu groß. Meine Gärten geben mir zu viel
Holz und Gemüse für meinen Gebrauch. Meine Hausgenossen lieben und ehren mich: sie
haben sich alle einander gebeyrathet, und sind
vielmehr meine niedrige Freunde, als meine
Bediente, und machen sich ein Vergnügen
daraus, allen denen dienstlich zu seyn, die
ich hier mit Vergnügen sehe. Ich glaube, daß
Ihre Hauslage eben so beschaffen seyn wird,
und bisweilen denke ich an Ihre alte Haus-
hälterin, meine Amme; doch zittre ich für die
See, die uns trennt. Da Ihre Furcht bey
weitem nicht so groß ist, wie die meinige,
und da ich zuversichtlich hoffe, daß Sie weit
mehrere Kräfte haben, ist es denn so ganz un-

möglich, daß Sie sich noch einmal das Vergnügen machen Engelland und Ihre Freunde zu besuchen. Als ich Frankreich zu dem Ort unsrer Zusammenkunft vorschlug, war mein einziger Beweggrund, die Kürze der Ueberfahrt von hier aus, indem alle meine Aerzte mir sagen, die Schwachheit meiner Brust sey so, daß eine Seekrankheit mein Leben in Gefahr bringen könnte. Obschon, seit Sie das leztemal Ihr Vaterland gesehen haben, ein oder zwey von unsern Freunden gestorben sind, so sind doch noch etliche übrig, die bis an ihr Ende treue Freunde verbleiben werden, und die aller meiner Hofnung nach, anziehende Kraft genug haben müssen, Sie wieder nach einem Lande zurück zu bringen, das nicht ganz in Sklaverey versinken kann, so lange solche Genies da sind. Ich habe Ihnen noch mehr zu sagen. Es sind noch einige dergleichen Männer da, die alle Ihre alten Ideen wieder erwecken, Ihre Hofnungen der künftigen Genesung und der Tugend wieder beleben würden. Diese schauen mit Ehrfurcht zu Ihnen hinauf, und wünschen durch den Anblick dessen ermuntert zu werden, dessen Seele sie, durch seine Schriften in Feuer gesezt hat:

woraus

woraus sie so viele Liebe zu ihrem Nebenmen-
schen geschöpft haben, als mit der Verachtung bestehen kann, die den Schelmen darun-
ter gebühret.

Nichts als meine Augen ermüden, wenn
ich an Sie schreibe: allein die wahre Ursache,
warum ich es selten thue (und die ist stark)
ist Furcht: Furcht eines sehr grossen und oft
erlebten Uebels: daß meine Freunde meine
Briefe aus Partheylichkeit aufbehalten, und
sie so in die Hände meiner boshaften Feinde
gerathen, die sie mit allen ihren Unvollkom-
menheiten dem Druck übergeben; so daß ich
nicht mit der Freiheit aller andren ehrlichen
Leute schreiben kann.

Wollte Gott, Sie kämen mit Lord Orrery
zu uns herüber, auf dessen Sorgfalt für Sie
während der Reise ich mich gewiß verlassen
könnte: bringen Sie auch Ihre alte Haus-
hälterin und zwei oder drei Bediente mit. Ich
habe Platz für alle, ein Herz für alle, und
(denken Sie, was Sie wollen) auch Vermögen genug für alle. Wir könnten, wenn wir
beyeinander wären, uns unsre Tage ruhig ma-

E

chen, und auf gewisse Art ein Denkmal hin-
terlassen, was zwei witzige Freunde trotz allen
Narren in der Welt seyn können.

Leben Sie wohl.

Sechs und achtzigster Brief.

Von

Dr. Swift an Herrn Pope.

Dublin, den 31. May, 1737.

Nur gar zu wahr! ich bin Ihnen die Antwort auf einige Briefe schuldig, aber es hat
Gott gefallen mich auſſer Stand zu ſetzen,
meiner Pflicht nachzukommen. Vielleicht fühlen Sie in meinem Alter das nemliche Unvermögen. Doch mein Alter iſt wirklich nicht,
was mich unfähig macht, denn ich kann ſechs,
ſieben Meilen des Tags gehen und ein Du-
ſend reiten. Aber ſeit zwey Monaten bin ich
völlig taub; und dieſes Uebel macht mich zur
aller Geſellſchaft untüchtig: einige Freunde

E 2

ausgenommen, die einen Baß sprechen: die
ich schelten und ausputzen kann, wenn Sie
nicht laut genug für meine Ohren reden. Nur
dieses Unglück allein hat mich abgehalten eine
Reise nach Bath und Twickenham zu wagen:
denn da die Taubheit kein gemeines Uebel ist,
so hält man selber auch nichts zu gute, und
die armselige Figur, die ein Tauber in der
Gesellschaft macht, ist ganz unausstehlich.

Ich war der erste, der die Bitte an Sie
that "Ofna me, und izt. kommen Sie, wie
ein betrügerischer Kaufmann und sagen, daß
ich in Ihrer Schuld bin: welches ich nach
Ihrer Rechnungsart ewig seyn und bleiben
muß, denn Sie zahlen mit lauter Guineen
und ich mit Pfenningen; und dennoch habe ich
einen Vorwand mit Ihnen zu zanken, weil
ich meinen Namen keiner einzigen von Ihren
Episteln vorangesezt finde. Ich muß mich oft
wundern, wie es zugehen mag, daß Sie alle
Sterbliche übertreffen, wenn Sie von der
Moral handeln, und daß sogar, wenn Sie
selbige poetisch behandeln, und würde mich
noch mehr wundern, wenn Natur und Erziehung Sie nicht von Kindheit zum Professor

derselben gemacht hätte. " Alles was ich von
" Ihren Briefen noch vorfinden kann, habe
" in einen Folio Umschlag zusammen gebun-
" den, und die übrigen in Packen mit Ihren
" Aufschriften versehen: bey Durchlesung Ih-
" rer Data finde ich, aber einen Mangel von
" sechs Jahren, wovon ich auch keine Abschrif-
" ten habe: und doch bewahre ich alle mit
" möglichster Sorgfalt. Doch ich bin bey
" drey oder vier Gelegenheiten gezwungen ge-
" wesen, alle meine Papiere einigen Freun-
" den zuzusenden: sie waren alle in versiegel-
" ten Päcken; die ganze Zahl Ihrer Briefe,
" die ich habe, beläuft sich nicht viel über
" sechzig. " In keinem finde ich etwas, das
ausgelassen zu werden verdiente: nichts von
Partheyen, wovon Sie Ihrer Religion und
dem ganzen Innhalt Ihres Lebens nach frey
zu sprechen sind, während ich jeden Augenblick wider das Verderbniß beyder Königreiche
wüthe: so groß ist meine Schwachheit.

Ich habe Ihre Epistel vom Horaz an Au-
gustus gelesen: eine englische Auflage wurde
mir gleich anfänglich davon zugesandt. Hier
wird sie in kleinem 8vo. gedruckt. Die Neu-

gierigen suchen theils Schmeicheley, theils
Jronie darinnen: die Murrischen glauben alles entdeckt zu haben.   Aber Jhre Bewunderer, nemlich alle Leute von Geschmack, scheinen versichert zu seyn, daß Jhre Freundschaftsversicherungen gegen mich in diesem Gedichte
keine Schmeicheleien sind.   Meine Glückseligkeit ist, daß Sie sich nun einmal zu weit ein-
gelassen haben, und Jhnen selbst zum Trotze
werden künftige Jahrhunderte mich kennen lernen, und erfahren, daß Sie ein Freund wären, der mich liebte und hochschätzte, obschon
ich als ein Gegenstand des Hofs und Parthey-
hasses sterben werde.

Wer ist doch der Herr Glover, der das epi-
sche Gedicht Leonidas betitelt geschrieben, welches hier wieder nachgedruckt wird und stark
abgeht? Wir bekommen itzt oft sehr gute Gedichte von London.   Jch habe so eben eines
über die Unterredung, und noch zwey oder
drey andre gelesen.   Allein der ganze Haufen
dieser Dichter mit einander darf Sie nicht
kümmern: Sie stehen erhaben wie der Redner
oder Prediger, und sind sichtbarer, als die
ganze Versammlung drunten.

Ich kann nicht mehr schreiben; dieß ist das drittemal, daß ich von neuem angefangen habe: itzt bin ich zu schwach das Papier voll zu schreiben. Ich bin, theurster Freund, gänzlich der Ihrige, so lange ich schreiben, sprechen oder denken kann.

J. Swift.

Sieben und achtzigster Brief.

Von

Dr. Swift an Herrn Pope.

Dublin, den 23. July, 1737.

Ich schrieb Ihnen vor einigen Wochen unter
Couvert des Lord Orrery, auf welchen Brief
ich bisher noch keine Antwort erhalten habe:
doch es wird Zeit genug seyn, wenn der Lord
selbst zu Ihnen hinüber geht, welches, wie er
hoft, in ungefehr zehn Tagen geschehen soll.
" Ich werde ihm alle Ihre Briefe mitgeben,
" die ich aufbewahrt habe, die sich aber nicht
" über fünf und zwanzig belaufen. In eini-
" gen Jahrgängen finde ich einen grossen Ab-

„ gang, da aber die Data früher und vor mei=
„ nen beiden lezten Reisen nach England, so
„ glaube ich damals schon einen Pack mit mir
„ hinüber gebracht zu haben. ” Doch ich kann
meinem Gedächtnisse nicht einer halben Stun=
de trauen, und meine beyde Uebel, die Taub=
heit und der Schwindel nehmen täglich zu,
so daß ich so schleunig abnehme, als nur im=
mer seyn könnte, wenn ich ein Dutzend Jah=
re älter wäre.

Wir haben Ihre Sammlung Briefe er=
halten, die, wie ich höre, auch hier gedruckt
werden soll. Einige von denen, die Sie sehr
hochschätzen, und einige andre, die persönlich
mit Ihnen bekannt sind, ärgern sich nicht we=
nig zu finden, daß Sie keinen Unterschied zwi=
schen dem englischen kleinen Adel dieses Reichs
und den alten wilden Irrländern machen.
(Lezte sind bloß der gemeine Pöbel und einige
Gentlemen, die in den irrländischen Theilen
dieses Reichs wohnen.) Die englischen Co=
lonien, die zum wenigsten den drei Viertheil
ausmachen, sind weit mehr civilisirt, als vie=
le Grafschaften in England, sie sprechen besser
Englisch und geniessen eine weit bessere Erzie=

hung.   Sie finden es sehr hart, daß ein Ame,
rikaner vom fünften Geschlecht englischer Ab-
stammung noch den Namen eines Engeländers
führen soll, blos weil man weiß, daß ihre
Namen in einem von den Kirchenbüchern zu
London eingeschrieben stehen.   Ich habe drey
oder vier Vetter hier, die in Portugal geboren sind, und deren Namen von ihren Eltern
in den Kirchenbüchern zu London eingetragen
worden, und itzt sind sie alle Londonner.   Dr.
Delany, der wie ich glaube, von irrländischer
Herkunft ist, besuchte mich vor drey Tagen,
um sich über jene Stellen in Ihren Briefen zu
beklagen.   Er will durchaus dergleichen Unterschied zwischen den beiden Himmelsgegen-
den nicht zugeben, sondern behauptet, daß
Northwallis, Northumberland, Yorkshire,
und andre nördliche Grafschaften, eine weit
dickere und wolkenreichere Luft, als Irrland
haben.   Kurz mir ist bange, Ihre Freunde
und Bewunderer hier, werden Sie zwingen
zu wiederrufen.

Was die andren Theile Ihrer Sammlung
Briefe anbetrift, so glaube ich, daß man aus
selben das beste System, das je für die Ein-

richtung des menschlichen Lebens geschrieben
worden ist, ziehen könnte. Alle Vernünftige
müssen bey Durchlesung derselben die Schande ihrer Thorheiten und Laster empfinden und
selbige verlassen. Es gereicht diesem Königreiche und dem Geschmacke der Leute doch ei-
nigermassen zur Ehre, daß Sie und Ihre
Werke hier eben so hochgeschäzt und geliebt
werden, wie in Ihrem Vaterlande. Wollen
Sie uns unsrer Sklaverey, unsrer Verderb-
nis, unsers Atheismus und dergleichen Kleinigkeiten wegen tadeln, so können Sie es frey
thun, nur schliessen Sie England mit ein und
fügen noch jedes andre Laster hinzu. Ich
wünschte, Sie ertheilten Befehle wider jene
Schmierhänse, die die Engländer verderben,
und uns ihre Wische in Versen und Prosa
mit abscheulichen Verstümmlungen und zierlichen Neuerungen zu senden.—— Izt erwarte ich täglich mein Ende. Alle meine Lebens-
geister und jedes Bröckchen von Gesundheit
sind dahin. Bisweilen bekomme ich mein Ge-
hör wieder, aber mein Kopf ist doch beständig
in Unordnung. So lange ich mich mit Ihnen
unterhalten kann, werde ich nicht schweigen,
und da ich heute von ungefehr vermögend bin

die Feder zu halten, so will ich sie auch so lange fortschleppen, bis ich ermatte. Besuchen Sie doch oft den Lord Orrery: nach Ihnen liebe ich niemand so sehr, und sagen Sie ihm, was ich sage, wenn er Sie besucht. Itzt bin ich fertig, denn es wird Nacht und mit meinem Kopfe schlimmer. Gott behüte und bewahre Sie lange Zeit, als ein Muster der Tugend und Frömmigkeit.

Leben Sie wohl, mein theurster, und beinahe mein standhaftester Freund. Ich bin ewig in meiner Hochachtung, Ehre und Liebe gegen Sie, was ich hoffe, das Sie von mir erwarten. x.

❖❖❖❖❖❖❖❖❖❖❖❖❖❖❖❖❖❖❖❖

Acht und achtzigster Brief.

Von

Dr. Swift an Herrn Pope.

Dublin, den 8. Aug. 1738.

Mein theurer Freund!

Ich habe Ihren Brief vom 25. July empfangen, ich bitte gleich Anfangs, sehen Sie mich als einen Mann an, den die Jahre und öffentlicher und privat Kummer zu Boden gedrückt und gänzlich erschöpft haben. Ich habe mein Gedächtnis ganz verloren, bin durch grausame Taubheit, die nun fast ein Jahr anhält,

und die ich für unheilbar halte , zu aller Unterhaltung untüchtig. Ich sage dieses nicht ,
um Ihr Mitleid gegen mich zu vergrössern ,
(denn Sie fühlen nur schon zu viel) sondern
als eine Entschuldigung , daß ich in meinen
Briefen an Sie und einigen andern Freunden
nicht regelmässig bin. Ich habe einen bösen
Namen in den Posthäusern beyder Königreiche , und dies verursacht , daß Briefe an mich
öfters verloren gehen , oder doch geöfnet , gelesen und dann wieder pfuscherhaft versiegelt
werden , ehe ich sie bekomme. An unsre
Freundin Mad. B — denke ich oft , und schätze Sie sehr hoch. Seyn Sie doch selbst der
Bote , Ihr meinen Dank und meine Grüße zu
überbringen. Jenes höhere allumfassende Genie , welches Sie beschreiben , und dessen
Handschrift ich am Ende Ihres Briefes er-
kenne , hat mich beydes stolz und glücklich gemacht , aber nach dem , was er schreibt , befürchte ich , daß er nur gar zu bald nach seinem Forst in Frankreich zurückkehre. In Königin Anna's Zeiten wurde er mein Gönner,
und nach dem ließ er sich so weit herab mein
Freund zu seyn.

Es ist eine grosse Gnade des Himmels,
daß sich Ihre Gesundheit mit den Jahren verbessert. Ich habe seit vielen Jahren schon
nichts mehr mit der Poesie zu thun, und auch
in meinen besten Zeiten konnte ich nichts als
Kleinigkeiten und Tändeleyen herborbringen.
Ich werfe also Ihr Kompliment weg, denn
es ist keines. Ihr zweiter Dialogue, den Sie
mir kürzlich geschickt, ist eben so gut, wie Ihre andre Schriften: ich lebe so entfernt von
der Welt, daß ich die Handlungen und Personen nicht kenne, die, wie ich vermuthe, vom
Templebar bis St. James, den Hof mit
eingeschlossen, sehr bekannt seyn müssen.

„Ich kann Sie mit aller Treue versichern,
„daß, jeder Ihrer Briefe, mit denen Sie
„mich seit zwanzig und mehreren Jahren be-
„ehrt haben, in Packen eingebunden, versie-
„gelt, und der Frau W — überliefert wor-
„den sind. Die Frau W — ist eine vernünf-
„tige, rechtschaffene Frau und meine Base,
„und einzige Verwandtin, deren Besuche ich
„dulden kann. Alle diese Briefe wird sie nach
„meinem Tode auf eine sichre Art in Ihre
„Hände liefern.”

Mylord Orrery ist mit seiner Gemahlin nach einem Ihrer Güter in Norden verreißt. Sie ist eine Dame von so gutem und aufgeklärten Verstande, als ich eine von ihrem Geschlechte kenne. Erlauben Sie, daß ich hier eine kurze Antwort auf Mylord Bolingbroke's Brief, Ihrem lezten angefügt, hinschreibe.

Mein theurer Lord!

Ich bin Ew. Herrlichkeit für die Ehre Ihres Briefes und für Ihr gütiges Andenken verbunden. Ich bekenne hiemit, daß ich Ew. Herrlichkeit mehr Verbindlichkeit habe, als ich sonst der ganzen Welt schuldig bin; Sie haben mich nie betrogen, so gar damals nicht, als Sie ein grosser Staatsminister waren; und doch liebe ich Sie deswegen noch mehr, weil Sie sich, als Sie die Ehre hatten ins Exilium verwiesen zu werden, so weit herabliessen, an mich zu schreiben. Ich darf nicht hoffen, so lange zu leben, bis Sie Ihre Werke drucken lassen, und ich bin eitel genug zu wünschen, daß mein Name unter den wenigen Untergeordneten quorum pars parva fui, mit hinein gedrengt werden könnte. Wo nicht, so will ich

mich

mich rächen, und einen Weg ausfinden, der
Nachwelt wissen zu lassen, daß ich die Ehre
genossen, Sie zu meinem besten Patron zu haben. Ich bin lebend und sterbend mit der
höchsten Ehrerbietung und Dankbarkeit ꝛc.

Briefe

an

Ralph Allen, Esq.

Neun und achtzigster Brief.

Herr Pope an Herr Allen.

Twitnam, d. 30. April, 1736.

Gestern sahe ich den Hr. M — er erlaubte
dem Hr. B — sehr gerne das Bild zu copi-
ren. Ich habe die besten Originale von jenen zwey Gegenständen, die, wie ich sehe,
Ihre Lieblingsstücke sind, und es auch verdienen zu seyn: nämlich Joseph, der sich seinen Brüdern entdeckt, und die Gelassenheit
des Gefangenen von Scipio.   Von dem letz-

F 3

ten hat Lord Bolingbroke ein sehr schönes von
Ricci, und von dem andern ist mir ein guter
Kupferstich nach einem von den vornehmsten
Italiänischen Malern versprochen worden.
Das von Scipio ist gerade von der Höhe und
Breite, wie man es in erhabener Arbeit wün-
schen kann, auf welche Art Sie meiner Mey-
nung nach auch! Ihren Saal in chiaro oscuro
am besten auszieren könnten.

Man zeigt nicht allein seinen Geschmack, sondern auch seine Tugenden in der Wahl solcher
Verzierungen. Und das Beispiel, was uns am
meisten rührt, muß natürlicher Weise auch Ein-
druck auf andre machen. So daß die Geschichte,
wohl gewählt, auf der Mauer eines reichen
Mannes oft eine bessere Lehre enthält, als er
uns selbst durch seine Unterredung nicht geben könnte. In diesem Sinn kann man sagen, daß die Steine reden, wenn es die
Menschen nicht können, oder nicht wollen.
Ich kann mich unmöglich des Gedankens er-
wehren, (und Sie werden gewiß meiner Meynung beipflichten, denn Sie haben ein Altar-
stück gemacht) daß der Eifer der ersten Refor-
matoren sehr übel angebracht war, da sie die

Bilder (nemlich die Beispiele) aus den Kir,
chen wegräumten, und doch die Grabschriften (nemlich die Lügen, Schmeicheleyen und
falschen Geschichten) stehen ließen, und zur
Schande und Verlachung aller rechtschaffenen
Leute die Kirchenwände damit besudelten.

Ich habe noch wenig von der Supscription
gehört. (*)   Ich bin Willens ungefehr in der
Mitte des Maymonats beym Lord Peterborow zu Southampton einen Besuch von vierzehn Tagen abzulegen.   Wenn ich zurückkom-
me, will ich mich erkundigen, was geschehen ist.
Ich glaube noch immer, daß das wahr werden
wird, was ich prophezeyet habe, und daß ich
auf eine sehr gute Art ein Geschäfte vom Halse wegbekommen werde, wozu ich gar keine
Neigung habe.   Mein Blatt ist zu Ende, und
ich will nur noch meine Wünsche für Ihre
Glückseligkeit hinzufügen. ꝛc.

─────────────

(*) Seine Briefe sollten auf Subscription gedruckt werden, wozu er gar keine Lust hatte.

Neunzigster Brief.

Von

Herrn Pope an Herrn Allen.

Southampton, den 5. Juny, 1736.

Ich brauche nicht zu sagen, daß ich Ihnen für einen Brief danke, der so viel freundschaftliches für mich enthält. Ich habe weit mehr darüber zu sagen, als ich izt kann, und will es bis zu unsrer ersten Zusammenkunft verschieben. In einem Worte, Sie haben eine gar zu gute Meynung von meinen Briefen, wenn Sie glauben, daß sie dem Publikum nützlich seyn können. Ich muß mit dem Vortheil schon zufrieden seyn, den sie meinem Karakter verschaft haben, ohne etwas ferner davon

zu erwarten. Es ist gewiß keiner von den geringsten, daß sie mir die gute Meynung und
die Gewogenheit eines so würdigen Mannes,
wie Sie sind, zuwege gebracht haben. Da ich
natürlicher Weise deren Anzahl ehe vermin-
dern, als vermehren muß, wenn ich anders
nicht mein eignes Lob auspofaunen will, so
befürchte ich, daß die Subscribenten sich dadurch benachtheiliget glauben werden, was
meine Bescheidenheit mir auszustreichen be-
fiehlt; als blosse Bücherkäufer würden sie es,
als eine unvollkommne Sammlung ansehen:
da doch der eigentliche Vortheil einer solchen
Sammlung für meinen Karakter, als Schriftsteller darinn besteht, daß ich dem Publikum
vieles vorenthalte, welches, wenn man mich
als Mensch betrachtet, eben so gerecht für mich
seyn würde: ich müste denn so eitel seyn, denn
Tugend kann man es nicht nennen, noch immer
zu jenen Briefen mehr rechtschaffene Gesinnungen hinzuzufügen, welches, wenn es in der
Absicht geschieht, es drucken zu lassen, unrecht und eine sehr grosse Schwachheit ist.

Ich bekenne es: mit Vergnügen könnte ich
verschiedene gar zu unbedeutende, unüberlegte

Stellen ausstreichen: welche, wenn sie auch
gleich nicht das künftige Zeitalter erreichen
sollten, doch in diesem für die meinigen gel-
ten werden; obgleich, Gott ist mein Zeuge,
viele davon damals nicht mit meinen Gesinnungen übereinstimmten, izt aber gar keine,
sondern ich verwerfe sie vielmehr alle.

Ich schmeichle Ihnen gar nicht, wenn ich
sage, daß mein Vergnügen, bey dem Bewußt-
seyn, daß ich etwas thue, das Ihren Beyfall
hat, sich vermehren würde. Allein ich kann
mich nicht dazu überreden, daß die ganze
Bürde, alle Unkosten dieses Werks, gesezt
auch, es wäre von einigem Nutzen für das Publikum, auf Sie fallen sollte, und noch weit
weniger will ich meinem eignen Vortheil auf
Unkosten und Schaden eines andern dienen.

Doch, verstehen Sie mich recht; Wenn ich
eine halb so gute Meynung von meinen Briefen hätte, als Sie davon haben, so würde ich
gar keinen Anstand finden, Ihren Beistand anzunehmen, weil ich weiß, daß Sie es für die
größte Verbindlichkeit halten würden, wenn ich
Ihnen die Gelegenheit gäbe, zu einem wirkli-

chen Nutzen etwas beizutragen. Und ich ver-
spreche Ihnen hiemit, daß, wenn ich je einen
Anlaß finden sollte, wo Ihre Freigebigkeit und
Ihre Gütigkeit des Herzens sich zu einer würdigen Absicht vereinigen können, ich mich keinen Augenblick bedenken werde, von Ihnen
die Summe Geldes zu begehren, die dazu erfordert wird.

Um Sie aber auch bey der gegenwärtigen
Sache zu überzeugen, wie wichtig mir Ihre
Meynung und Ihre Wünsche sind, so will ich
etwas thun, was ich noch nie gethan habe.
Ich will meinen Freunden sagen, daß ich eben
so viel Lust habe dies Buch herauszugeben, als
es bleiben zu lassen: und ehe ich dulde, daß
es Ihnen zur Last gelegt wird, will ich lieber
kommenden Winter die Vorschläge und Bedingungen in den Zeitungen bekannt machen.

Ich sage Ihnen alles dieses blos in der
Absicht, um Sie zu überzeugen, wie willig ich
bin, Ihrem Rath zu folgen, ja sogar Ihre
Beihülfe in einem mäßigen Grad anzunehmen.
Allein ich glaube, Sie thäten besser einen so
grossen Beweis Ihrer Grosmuth bis zu einer
bessern Gelegenheit zu sparen.

Seit meinem letzteren finde ich, daß noch
ein andres schöne Gemälde von Scipio und
den Gefangenen von Pietro da Cortona vorhanden ist, wovon Sir Paul Methurn einen
Umriß hat: ich glaube, daß es mehr Ausdruck
als Ricci seines hat, da Pietro deswegen
vorzüglich berühmt ist. Ich habe auch einen sehr
schönen Kupferstich von der Entdeckung Josephs
gegen seine Brüder angetroffen; die Zeichnung
ist, wenn ich mich nicht irre, vom La Sueur,
und wird sich sehr gut schicken.

Ich bin rc.

Ein und neunzigster Brief.

Von

Herrn Pope an Herrn Allen.

den 6. Novbr., 1736.

Ich schreibe nicht zu oft an Sie, und
das aus vielen Urſachen: eine davon, die
Sie ſehr gut finden werden, iſt, daß Freunde
immer eine gewiſſe Zeit haben ſollten, an einander zu denken, ohne daß ſie ſich immer einander daran erinnern: es iſt eine Uebung für
Ihre Freundſchaft, und eine Probe Ihres
Gedächtniſſes: und überdem iſt eine Wieder-
holung von Verſicherungen nur eine unnütze
und verdächtige Art von Behandlung bey ſol-

chen die es aufrichtig meynen, um nicht der
Tautologie zu erwehnen, in die einer verfal-
len muß, der so viele unbedeutende Worte
hinschmiert, als ein Blatt anfüllen, um oft
nur eine einzige Sache zu sagen. Denn alles
ist doch in diesen Worten gesagt, Ich bin
wahrhaft der Ihrige.

Ich pflanze izt eben so eifrig für mich,
als ich vor Zeiten für andre pflanzte: und
ich danke Gott für jeden regnigten Tag, und
für jeden Nebel, der mir Kopfweh verursacht, und den Wachsthum meiner Pflanzen
befördert: Sie werden mich wirklich überleben (wenn sie anders nicht wegen ihrer Versetzungen von einem Ort zum andern, sterben:
denn mein Garten kömmt mir vor, wie mein
Leben, es braucht jeden Tag Verbesserung)
allein, der Gedanke, daß meine Bäume
Schatte und Früchte für andre haben werden,
wenn ich dergleichen nicht mehr brauche, tröstet und erquicket mich ungemein. Das
schmerzt mich gar nicht, daß diese andern kein
Stäublein von meinem armseligen Körper
seyn werden: genug, es sind Geschöpfe von
der nemlichen Gattung, und der nemlichen

Hand geschaffen, wie ich. Ich wünsche (wenn ein Wunsch mich versetzen könnte) Sie in der nämlichen Beschäftigung zu überfallen, und ohne alle Partheilichkeit gegen Sie, kann ich Sie versichern, daß ich eben so viel Vergnügen dabey finden würde, Ihre Arbeit wie meine eigne zu verbessern.

Da ich doch von Arbeit rede, die Meinige ist über drei viertheil gedruckt und wird etliche funfzig Bögen in 4to ausmachen. Da ich die Subscribenten so träge und langsam finde, wie ich es mir vorhero eingebildet, so will ich alles thun, was ich kann, besonders Sie in Ihrer Erwartung zu betriegen. Meine Absicht ist im Jenner, wenn alles wieder zur Stadt kömmt, anzukündigen, daß das Buch auf Maria Verkündigung herausgegeben wird, um alle die Lust zu subscribiren haben, zu nöthigen, sich bey Zeit zu melden. Unterdessen habe ich Reverse geschrieben, welche, da sie die Zeit bestimmen, einem jeden den Vorwand des Zweifels benehmen. Ich sende Ihnen einige davon, damit Sie sehen, daß es mir Ernst ist, und ich mir alle Mühe gebe Ihr Geld zu schonen, da unterdessen

nichts in der Welt die Verbindlichkeit ver-
mindern soll, die ich zu Ihnen habe.

Ich danke Gott für meine und Ihre Gesundheit, sie ist besser als gewöhnlich.

Ich bin ꝛc.

Zwei und neunzigster Brief.

Von

Herrn Pope an Herrn Allen.

den 8ten Juni 1737.

Ungemein leid war es mir zu hören, wie sehr
das falsche Gerücht von meiner Krankheit Ihrem menschenfreundlichen Herzen wehe gethan.
Ich bin izt wieder ganz wohl, und darf keinen Augenblick verschieben, Sie davon zu benachrichtigen, um Sie für Ihr gütiges Mitleiden zu belohnen. Wenn ein Freund wirklich gestorben ist (wenn er anders unsre Be-
trübniß für Ihn weiß) so weiß er vielleicht
auch, daß wir uns in unserm Kummer über

G

ihn eben so sehr irren, als Sie sich diese-
mal geirrt haben: so daß das, was wir ein
wirklich Uebel zu seyn glauben, für solche Geister, die die Dinge so sehen, wie sie wirklich
sind, nicht weiter als ein eingebildetes ist.
Es ist alles gleich, wie es Gott gefällt, wir
mögen es gut oder übel nennen.

Ich wünschte, die Welt erlaubte mir, mich
mehr denjenigen zu überlassen, die ich liebe,
und mit der Hälfte der Ehrenbezeugungen ver-
schonen, die mir Leute vom vornehmern Stande anthun, und die man insgeheim zu theuer
mit demjenigen erkauft, was die Großen doch
nicht geben können, ich meine Zeit und Leben.
Wäre ich in solchen glücklicheren Umständen, so
würden Sie mich zu Widcombe und nicht zu
Bath sehen. Gott weiß, ob das alles dereinst
so sehr in meinem Vermögen seyn wird, als
ich es wünsche. Ich kann blos sagen, daß ich
mit so viel Vergnügen und Aufrichtigkeit daran
denke, als für einen anständig ist, der ꝛc.

Drei und neunzigster Brief.

Von

Herrn Pope an Herrn Allen.

den 24ten Novbr., 1737.

Der grosse Zufall, (*) so sich vor vierzehn
Tagen zugetragen, erfüllet alle Gemüther, und
das meinige so sehr, daß ich nicht habe ausrichten können, was Sie in Ansehung des

G 2

(*) Der Tod der Königinn. Dieser Tribut, den
Pope ihrem Andenken bringt, macht der Königinn mehr Ehre, als die feierlichste Lobrede
thun könnte.

Dr. P... von mir verlangten: doch sobald ich
nach Hause komme, wo meine Bücher sind,
will ich sie dem Herrn K... senden. Der
Tod dieser grossen Monarchin ist für alle eine solche Bestürzung, wie einem jeden sein
eigener Tod, obgleich wir beide auf gleiche Art
ihn erwarten und uns dazu vorbereiten sollten.
Zu eben der Zeit, da wir unsere Höhere bedau-
ren, fangen wir auch an sie hochzuschätzen und
zu loben, weil sie dann nicht über uns erhaben zu seyn scheinen. Die Königinn zeigte,
nach dem Bekenntniß aller, die gegenwärtig
waren, die höchste Standhaftigkeit und Gelassenheit bey ihrem schweren Leiden, bis an ihr
Ende. Ich weiß nicht, welchen Karakter ihr die
Geschichtschreiber beilegen werden, aber alle
ihre Hausbediente, und welche am nähesten
um Ihre Person waren, gaben ihr das beste
Zeugniß, das Zeugniß aufrichtiger Thränen.
Doch das Publikum ist allezeit hart: aufs beste ist es da strenge, wo es nichts als gerecht
in der Meynung von Jemanden ist. Das einzige
Vergnügen, was jeder, er sey von hohem oder
niederm Rang, zu erwarten hat, hängt von der
Aufrichtigkeit oder der Partheilichkeit seiner
Freunde, und von dem kleinen Kreise derer

abe, mit denen er bekannt war. Jene also, die
uns wohl wollen, schmecken dann das gröste
Vergnügen, wenn sie wissen, daß wir es geniessen. Ich danke Ihnen also besonders, daß
Sie mir die Fortdauer oder vielmehr den
Wachsthum dererjenigen Glückseligkeiten versichern, die Ihr häusliches Leben beseligen.
Ich habe weiter nichts hinzuzufügen, als daß
ich für Ihr Wohlergehen bete, und daß ich
aufrichtig bin ꝛc. ꝛc.

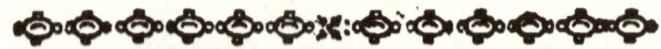

Vier und neunzigster Brief.

Von
Herrn Pope an Herrn Allen.

Twickenham,
den 28. April, 1738.

Es schmerzet mich zu hören, daß Ihr altes
Uebel Ihnen so beschwerlich wird: ich empfinde es in einem sehr hohen Grade, weil ich
selbst daran gelitten und noch leide. Ich hoffe, daß alle unsre Empfindungen überein stimmen: denn Ihr Herz ist allemal recht, Ihr
Körper mag beschaffen seyn, wie er will. Ich
getraue mir zu behaupten, daß mein Körper
der schlimmste Theil von mir ist, sonst sey

Gott meiner armen Seele gnädig! Ich kann
nicht umhin Ihnen zu sagen, in was für eine entzückende Freude die arme Frau ge-
rieth, für die Sie eine Guinee hinterließen,
nachdem ich Ihnen gesagt, daß ich Sie am
Ende meines Gartens gefunden hatte. Ich
glaubte damals nicht, daß ihre Armuth so
groß war, als ich ihr eine halbe Guinee gab.
Allein ich finde, daß ich noch ein Vergnügen
zu erwarten habe, denn ich will ihr jährlich
etwas auswerfen, und das wird vielleicht nur
für ein Jahr seyn, denn ihrem Ansehn nach, ist
sie über achtzig. Ich bin fest entschlossen, Sie an
dieser Mildthätigkeit keinen Theil nehmen zu lassen: es wird Ihnen nicht gefallen, aber so soll
es seyn.

Sagen Sie mir doch, ob ich wohl Ihren
Namen in eines meiner Gedichte setzen darf
(ganz von ungefehr, nicht weit her geholt)
mit der Bedingung, daß ich etwas von Ihnen
sage, das die meisten Menschen übel nehmen
würden, zum Beispiel, daß Sie von keiner
hohen Geburt oder nicht von vornehmen Stande sind? Sie müssen mir über dieses, so wohl
wie über alles andre, Ihre Meynung frei

heraus sagen. Ich habe nichts als meine
guten Wünsche für Ihre Gesundheit hinzuzufügen: jede andre Glückseligkeit, die einem
vernünftigen Manne anständig ist, werden
Sie sich selbst verschaffen. Leben Sie wohl ꝛc.

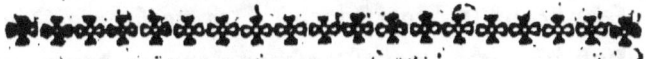

Fünf und neunzigster Brief.

Von

Herrn Pope an Herrn Allen.

den 20ten Jenner.

Ich hätte Ihr letztes Schreiben ehe beantworten sollen, allein mein Athem hat mir viel
zu schaffen gemacht, und ward durch einen
starken Schnupfen noch verschlimmert. Es
schmerzt mich wahrhaftig recht sehr, daß weder Ihre noch Ihrer Gemahlinn Unpäßlichkei-
ten sich nicht verlieren wollen: aber Gott sey
dafür, daß Ihr Uebel Ihnen alle Tage beschweren sollte, so etwas schlimmes erwartete
ich nicht zu hören. Ich hoffe, daß Ihr näch-
stes Schreiben mir bessere Nachrichten bring-

G 5

gen wird. Der arme Herr Bethel liegt auch
sehr krank in Yorkshire. Ich versichere Sie,
daß ich nicht zwei Menschen kenne, denen ich
bessere Gesundheit wünschte. Ich habe ihn
diese zwanzig Jahre über und länger gekannt,
und wegen jeder moralischen Tugend geliebt
und hochgeschätzt. Er hat all das gute Herz,
ohne die geringste von der Schwachheit des — ;
und ich glaube gewiß, daß er nie etwas gesagt, was er nicht gedacht hatte, noch daß er
etwas dachte, ohne daß er es sagte. Es betrübt
mich, daß er in Yorkshire, ein Jagdland, in
einem so kalten und entfernten Orte ist. Wenn
er bis den Frühling lebt, will er wieder nach
London zurückkehren, und wenn ich es bewerk-
stellen kann, so soll er zu Twickenham schlafen: gesetzt, daß wir auch alle Tage in einer
warmen Kutsche ab und zu fahren müßten, so
würde das die beste Bewegung für uns beide
seyn, da es so schwach ist, daß er nicht mehr
reiten kann.

Lord Bolingbroke bleibt noch einen Monat
hier, und wie ich hoffe, wird Herr Warburton
vor seiner Abreise in die Stadt kommen. Es
wird beiden angenehm seyn, sich zu sehen, und

nichts ist in meinem ganzen Leben meinem
Herzen ein so angenehmes Vergnügen gewesen, als verdienstvolle und berühmte Männer
zusammen zu bringen. Es ist die größte
Wohlthat, die man einem grossen Genie oder einem nützlichen Mann erzeigen kann. Ich wünsche, daß er auch eine
Zeitlang in der Stadt bleiben möchte, wenn
es auch nur wäre, einigen Stolzen und Mächtigen unter die Augen zu treten, um zu sehen,
ob sie noch den besten Stolz übrig haben, nemlich der Gelehrsamkeit und dem Verdienste zu
dienen, und zu huldigen, um sich hieburch von
ihren Vorfahren zu unterscheiden. Ich bin rc.

Sechs und neunzigster Brief.

Von

Herrn Pope an Herrn Allen.

den 6. Merz.

Ich danke Ihnen für Ihren gütigen Brief.
Gewiß werden wir mit dem nemlichen Herzen
und den nemlichen Gesinnungen wieder zusammen kommen: ich wünschte, es wäre zu Twickenham, blos um Sie und die Frau Gemahlinn mehr als einmal da zu sehen. So wie
sich aber die Sachen gewendet haben, so zwingt
mich ein anständiger Gehorsam gegen den Befehl der Regierung hier und zwar zehn Meilen von der Hauptstadt entfernt zu bleiben;
ich muß Sie also hier oder nirgends sehen.

Laffen Sie dieses noch eine Nebenurfache
feyn, hieher zu kommen, und so lange zu verbleiben, als Sie können.

Das äufferste, was ich kann, will ich
wagen, Ihnen in's Ohr zu sagen. Ich kann mich
längst der Seite von Surrey (wo kein Richter
von Middlesex etwas zu befehlen hat) bis nach
Butterfea hinschleichen, und von da in einer
Stunde oder zwei in einem verschlosse-
nen Behältniß übers Waffer fahren, um mit
Ihnen zu Mittage zu speisen. In die Stadt
zu gehen, würde nicht allein thöricht seyn,
sondern auch für verwegen gehalten werden.
Bis hieher bequemen sich alle dem verkündig-
ten Befehle. (*)

Ich schreibe Ihnen in Zeiten, damit Sie
mir wissen lassen können, ob Sie noch gesonn-
en sind am bestimmten Tage zu kommen, da
dann jedes Zimmer in meinem Hause so warm
seyn soll, als es der Eigenthümer gerne für

(*) Die Landung, mit der damals Frankreich und
der Pretendent droheten.

ſich ſelbſt bat. Wahrſcheinlicher Weiſe dörfte
ich wohl die kleine Flucht nach Butterſea, wovon ich oben geredet, machen, und den Herrn
Warburton mitnehmen, denn ich habe ihm
verſprochen, ihn mit dem einzigen groſſen Mann
von Europa bekannt zu machen, der eben ſo
viel weiß, als er ſelbſt. Von da können wir
den 16ten hieher zurück kehren, und Sie un-
fehlbar antreffen, wenn Sie vorhero den Tag
Ihrer Ankunft beſtimmen.

Ich wünſche nur, daß keine üble Geſund-
heitsumſtände dazu kommen und mich zwingen
hier zu bleiben; denn in Wahrheit, es ſteht
wieder recht ſchlecht um mich, die geringſte
Verkältung, oder auch nur die geringſte Bewegung wirft mich wieder in gefährliche und
ſchmerzhafte Umſtände. Gott verleihe Ihnen
langes Leben und leichteres Athemſchöpfen,
als ich izt erwarten kann. ꝛc.

Briefe,

von

Herrn Pope

an

Herrn Warburton.

Sieben und neunzigster Brief.

---

den 11ten April 1739.

Ich habe so eben von dem Herrn R— noch zwei von Ihren Briefen * erhalten. Dieses schreibe ich in der größten Eile, die man sich nur denken kann, allein ich muß Ihnen insbesondre für Ihren britten Brief danken, welcher so einleuchtend, so kurz und so bündig ist.

H

---

* Commentarien zu dem Versuch über den Menschen.

daß ich glaube, der Herr Crousaz, Professor
in der Schweiz, der Anmerkungen über die
Philosophie des Versuchs schrieb, muß nie
eine andre Antwort haben, und verdient keine
so gute. Ich muß nur noch hinzufügen, daß
Sie ihm zu viel Ehre erzeigen, und mir zu viel
Recht wiederfahren lassen, so drollicht Ihnen
auch der Ausdruck vorkommen mag, denn Sie
haben mein System so aufgeklärt, wie ich
selbst hätte thun sollen, aber leyder! nicht
können. Es ist in der That das nemliche System mit dem meinigen, aber von einem Ihnen
eignen Strahl erleuchtet, wie man sagt, daß
unser natürlicher Körper doch der nemliche
bleibt, ob er gleich verklärt wird. Gewiß gefällt es mir itzt besser, als vorher, und das
wird ein jeder sagen. Ich weiß, meine Meynung war genau so wie Sie es erklären, aber
ich erklärte meine Meynung nicht so gut wie
Sie es thun. Sie verstehn mich so gut, als
ich mich selbst verstehe, allein Sie drücken mich
besser aus, als ich mich selbst auszudrücken
vermag. Empfangen Sie dafür meinen aufrichtigen Dank. Ich wünsche diese Briefe
wären gesammlet: ich möchte sie gerne (mit
Ihrer Erlaubniß) zum Theil oder alle in's

Französische übersehen lassen. * Doch ich will
ohne Ihre Meynung oder Einwilligung keinen
Schritt thun. 2c.

---

* Sie wurden alle von einem vornehmen französi-
schen Herrn übersezt, der izt einen erhabenen Po-
sten in seinem Vaterlande bekleidet.

Acht und neunzigster Brief.

den 26. May, 1739.

Gemeine Höflichkeit zwingt mich beynahe in einer immerwährenden Zerstreuung zu leben: selbe sollte zwar einen Mann , der für un- abhängig gehalten seyn will, nicht seiner selbst berauben, und doch macht sie mich mehr zu jedermann's Diener, als zu meinem eignen: dieses, mein Herr, war die Ursache meines Stillschweigens , gegen Sie, dem ich mehr, als irgend einem andern, Verbindlichkeiten habe. Meine Absicht bey diesem Briefe gieng auch würklich nicht weiter, als Ihnen zu zei- gen, wie lebhaft ich solches empfinde. An

Ihren Briefen finde ich gar nichts zu verbeſſern, auſſer daß ich die Ordnung wie ſie auf einander folgen, umkehre, und die Ausdrücke, ſo mich ſelbſt betreffen, und die ich für übertrieben hielt, mildern mögte. In dem lezten Brief fand ich kein Wort abzuändern, ſondern ſchickte ihn gleich dem Buchhändler wieder zurück. Ich danke Ihnen beſonders für die Art, mit der Sie meiner in Ihrer Nachſchrift zu der lezten Auflage der Sendung Moſes gedacht haben. Mir gefällt ein Kompliment, das mich durch die beſte Gleichheit, die Gleichheit eines guten Herzens (welches ein weit beſſeres und ſtärkeres Band iſt, als die Gleichheit der Studien) mit einem tugendhaften Manne verbindet, weit beſſer, als mich jede andre Vergleichung nicht ſtolz machen würde. Möge jene Unabhängigkeit, chriſtliche Liebe, und ehrliches Auskommen, die einen guten Prieſter über einen Biſchof erheben, und ihn wahrhaftig glücklich machen, allezeit Ihr Antheil ſeyn. Dieſe drei Stücke machen einen würdigen Prieſter in dieſem und jenem Leben glücklich.

Neun und neunzigster Brief.

Twitenham,
den 20. Sept. 1739.

Ich erhalte mit vielem Vergnügen das Papier, welches Sie mir gesand haben, und mit noch weit grösserem die Aussicht einer näheren Bekanntschaft mit Ihnen, wenn Sie in die Stadt kommen. Ich hoffe, daß Sie so viel von Ihrer Zeit, als Ihnen diejenigen, die Sie lieben und hochachten, erlauben, vielmehr bier bey mir, als in London zubringen werden: denn bier lebe ich, wie ich eigentlich leben soll, mihi & amicis. Ich verlasse mich also auf Ihr

Versprechen: und so sehr auch meine Gesundheit durch den Winter leidet, so versichre ich Sie doch, daß der Frühling mir desto willkommner seyn wird, wenn er Sie mitbringt cum zephiris & hirundine primæ.

Ich wünsche, daß der Herr R — mir eine vollständige Abschrift von Ihren Briefen schicken möchte, so bald Sie es ihm erlaubt haben: damit ich das Buch einem Franzosen zum Uebersetzen geben kann, der, wie ich hoffe, Ihre Arbeit keiner so ungegründeten Kritik aussetzen wird, als mein französischer Uebersetzer gethan hat. * Ich bin Ihnen in der That unendlich verbunden, daß Sie sich der Sache eines Fremden so annehmen, den Sie für beleidiget halten, doch mein Antheil an dieser Gesinnung ist der geringste. Die Grosmuth Ihres Verfahrens verdient alle meine Hochachtung, und Ihr Eifer für die Wahrheit die Liebe eines jeden rechtschaffenen Man-

H 4

---

† Dieses war Resnel, auf dessen fehlerhafte und abgeschmackte Uebersetzung Crouzaz seine scheinbarsten Einwürfe gründete.

nes: und als ein solcher, wenn ich auch gar
keinen Antheil an der Sache hätte, würde ich
Sie deswegen lieben und hochschätzen. Ich
mag Ihnen also nicht in dem gewöhnlichen
Styl komplimentiren, es ist unter der Würde
der Veranlassung. Ich kann blos sagen, daß
Sie mich zu Ihrem aufrichtigen und warmen
Freund und Diener gemacht haben.

Hundertster Brief.

den 4. Jenner 1739.

Ich würde Ihnen wahrhaftig öfters geschrieben haben, wenn ich nicht so grosse Ehrfurcht für Sie hätte, und Ihnen so viele Verbindlichkeit schuldig wäre. Allein es ist vielleicht nicht ganz unnütze, Ihnen wissen zu lassen, daß Ihnen auch die meisten meiner Freunde danken, und daß einige der gelehrtesten und aufrichtigsten Kenner glauben, ich sey Ihnen wirklich so viel schuldig, als ich selbst glaube. Alle dergleichen geben Ihren Briefen über meinen Versuch den verdienten Beyfall. Ich habe in dem ganzen Buch nur zwei oder drei sehr

H 5

geringe Ueberſetzungen gefunden, die ich nach
der Beobachtung der Kenner abgeändert, und
zur zwoten Auflage berichtiget habe. Meine ganz
unzuverläſſige Geſundheit, die jeden Winter
mehr und mehr erſchüttert wird, trieb mich
vor zwei Monaten nach Bath und Briſtol, und
ich werde nicht vor dem Hornung wieder nach
London zurückkehren. Allein ich habe neun
oder zehn Briefe von daher über den guten Erfolg Ihres Buchs empfangen: man verlangt
ſehr ernſtlich es überſetzt zu ſehen. Eine
Ueberſetzung hat man in Frankreich angefangen. Ein vornehmer Franzoſe von dem Ge-
folge des Herrn von Cambis hat das meiſte
davon hier gemacht. Allein ich will den Druck
verſchieben, bis ich Ihre Meynung hierüber
eingeholt habe, oder bis ich das Vergnügen
genieſſe, nach dem mich ſo ſehnlich verlangt,
Sie in der Stadt zu ſehen, wo ich weiß, daß
Sie gerne einen Theil des Frühlings zubringen, um Ihre Freunde zu beſuchen. Laſſen
Sie mich auch einen davon ſeyn, denn Sie haben mich dazu gemacht, und gönnen Sie meinem Hauſe auch Ihre Gegenwart: wenn ich
aber zu der Bequemlichkeit Ihres Auffenthalts
in der Stadt etwas beytragen kann, ſo viele

ich Ihnen meine Zimmer und ein Paar Bü-
cherſammlungen an, worüber ich zu befehlen
habe. Freilich ſtehen einem Manne wie Sie,
alle Bibliotheken offen, der ſie ſo wenig nöthig
hat, aber vielleicht ſind Sie ſo fremde in der
Stadt, als ich es von ganzem Herzen zu ſeyn
wünſche. Ich ſehe aus einigen Chicanen in
den Miscellainen, daß man über Sie eben ſo
loszieht und mit Ihnen ſo unbarmherzig ver-
fährt, als mit dem Autor, den Sie verthei-
diget haben. Ich wünſche, daß Sie ſelbigen
keine andre Antwort würdigen mögen, als
die, welche die Sonne den Fröſchen gab, indem ſie fortfuhr zu ſcheinen; machen Sie es
ſo in Ihrem zweiten Buche, und vervollkommen dadurch Ihre Beweiſe. Niemand iſt
mehr wie er ſeyn muß, ein Freund gegen Ihr
Verdienſt und Ihren Charakter als ꝛc.

Hundert und erster Brief.

den 17. Jenner 1739 · 40.

Ich schrieb Ihnen zwar vor zwei Posttagen, und izt muß ich Ihnen schon wieder für ein neues und unerwartetes Geschenke danken, das Sie mir durch Ihre Anmerkungen über die vierte Epistel machen. Ich habe sie erst diesen Morgen erhalten, obschon sie, Ihrem Briefe nach, schon verflossenen Monat abgesand waren. Der Herr — hatte hieran keine Schuld, sondern blos wie ich glaube, die Nachläßigkeit desjenigen, dem er sie zur Ueberlieferung übergab. Ich bin völlig drei

Monat zu Bath und Bristol gewesen, immer
bemüht einem Uebel abzuhelfen, das mich
mein ganzes Leben hindurch bald mehr, bald
weniger geplagt hat. Ich hoffe, daß die mäs-
sige Lebensart, wozu mich dies Uebel nöthi-
get, mein übriges Leben mehr philosophisch
machen, und meine Gelassenheit es endlich
gar ohne Klagen zu verlieren, stärken wird.
Itzt mache ich Anstalt zu meiner Rückkehr nach
Hause, da will ich gleich nachsehen, was mein
französischer Uebersetzer gemacht hat. Er ist
der nemliche, der den Versuch in Prose übersezt: diese Uebersetzung hätte der Herr Crouzaz benutzen sollen, der, wie ich befürchte,
wenn alle Umstände zusammen gehalten werden, entweder durch seine eigne oder fremde
Bosheit zu einem so unbilligen Verfahren gebracht worden ist: obschon ich es im Anfange
seiner Unwissenheit oder seinem Vorurtheil bei-
zumessen geneigt war.

Ich muß noch einmal meine dringende Bitte wiederholen, mir vorher genau die Zeit
zu bestimmen, wenn Sie in London einzutreffen gedenken: damit ich das Vergnügen

haben kann, den Mann, welchen ich als meinen größten Wohlthäter ansehe, auf gehörige Art zu empfangen.

Ich bin mit dem dankbarsten Herzen ꝛc.

Hundert und zweiter Brief.

den 16. April, 1740.

Grösseres Vergnügen hätten Sie mir durch Ihren kurzen Brief nicht machen können, als indem Sie mir sagen, daß ich hoffen darf Sie bald zu sehen. Lassen Sie uns als Freunde zusammen kommen, die sich schon lange einander gekannt haben, und deren Freundschaft nicht erst angefangen, sondern fortgesezt werden soll. Alles Gepränge sollte bey Seite gesezt werden, wenn Leute sich einander sowohl nach dem Herzen kennen. Ich schmeichle mir, daß Sie der Mann nach meinem Herzen sind,

der seine Zufriedenheit in sich selbst suchte,
und der Größe sagt; Tuas tibi habeto res,
ego met habebo meas.   Da es aber billig ist,
daß Ihre andre Freunde Sie auch geniessen,
so will ich Ihnen durchaus meinen ersten Besuch in London machen, und Sie einige Tage
hernach nach Twitenham führen, wo Sie nach
Ihrem eignen Belieben so lange bleiben können, als Sie wollen.   Wenn Sie einige Zeit
bey der Druckerey zu verwenden haben, so
können Ihnen die Probebögen alle Stunde
durch Schifleute gebracht werden, und bey mir
werden Sie zu einer solchen Arbeit mehr Weile
haben, als in der Stadt.   Ich glaube, ich
habe fast alle Bücher, die Sie bedürfen, wo
nicht, kann ich sie leicht entlehnen.   Ich bitte
eifrigst, senden Sie doch ein Paar Zeilen an
den Herrn R — wenn und wo ich Sie erwarten soll; ich werde mich täglich darnach erkundigen, ich mag hier oder auf dem Lande seyn.
Ich bin ꝛc.

Hundert

Hundert und dritter Brief.

Twitenham,
den 24ten Juny 1740.

Es ist wahr, ich bin ein sehr unrichtiger Korrespondent, aber doch kein unrichtiger Freund. An Worten bin ich arm, und faul sie aufzusuchen. Höflichkeiten und Komplimente sind gemeiniglich die Waaren, so die Korrespondenten gegen einander austauschen. Ehrliche Leute sehen dieses als einen verbotenen Handel an, weil er die meiste Zeit durch absichtvolle Leute getrieben wird. Ich kann weiter nichts, als ganz ungekünstelt fragen, wie mein

J

Freund sich befindet, und was er macht?
aus Furcht dies zu oft zu wiederholen ermü-
de ich Ihn endlich mit lauter wie sehr ich Sie
liebe. Ihre beiden gütigen Briefe haben mir
wahre Zufriedenheit verschaft; ich höre, daß
Sie wohl sind, und daß Sie meine unaffectir-
te Bemühungen Ihnen meine Hochachtung und
das Vergnügen zu bezeigen, das ich in Ihrer
Gesellschaft genösse, nicht ungütig aufgenommen haben. Meine schwächliche Gesundheit,
und die öftere Niedergeschlagenheit meines
Gemüths, nebst einer Menge Zerstreuungen,
& aliena negotia centum, vereinigen sich alle
eine gewisse Kaltsinnigkeit über mein Betragen
auch gegen diejenigen auszugiessen, die ich
am meisten liebe: ich fühle solches beständig,
und betrübe mich darüber. Und doch ist im
Grunde niemand von Verdiensten überhaupt,
oder von besonderen Verdiensten gegen mich,
tiefer gerührt, als ich. Sie müssen sich also
in beiden Rücksichten für das halten, was
Sie mir in meiner Meynung und in meiner
Liebe sind; so erhaben in beiden, daß ich mich
vielleicht selten unterstehen werde, es Ihnen
zu sagen. Die größte Gerechtigkeit und auch
die größte Gewogenheit, die Sie mir wieder-

fahren lassen können, ist, dieses alles für sicher und ausgemacht anzunehmen.

Loben Sie also nicht meine Talente, sondern unterrichten Sie mich durch Ihre eigne.
Ich bin wirklich nicht gelehrt genug, um Werke von der Art und von der Tiefe, wie die
Ihrigen sind, zu beurtheilen. Ich wandre
durch Ihre Schriften, wie durch eine erstaun-
liche Scene von dem alten Egypten, oder
Griechenland, mit Verwunderung gerührt,
aber bey jedem Schritt fehlt mir der Lehrer,
mir alles zu sagen, was ich zu wissen wünsche.
So sind Sie mir in den Wegen des Alterthums; und so werden Sie dem ganzen menschlichen Geschlechte seyn, mehr, als irgend ein
Forscher der Alterthümer es gewesen ist. Sie
haben ein Genie, das Ihrem Unternehmen
gewachsen ist, und einen Geschmack, der Ihrer Gelehrsamkeit entspricht.

Ich bin Ihnen höchstens verpflichtet für
dasjenige, was Sie zu Cambridge in Betref
meines Versuchs entworfen haben. * Aber

J 2

---

* Pope wünschte seinen Versuch über den Menschen in gute lateinische Prose übersetzt zu sehen.

doch noch mehr für den Beweggrund, welcher
ursprünglich alle Ihre Gütigkeiten gegen mich
belebte, die gute Meynung, so Sie von meiner rechtschaffenen Absicht in diesem Werke
haben, und Ihr Eifer, die Welt zu überzeugen, daß ich kein Irreligiöser bin. Ich war
sehr aufrichtig in dem, was ich Ihnen von
meiner eignen Meynung von meinen Charakter
als Dichter sagte: und ich glaube, ich kann
mit gutem Gewissen hinzufügen, daß ich bis
an mein Ende in dieser Meynung beharren
werde. Ich hoffe dann und wann von Ihnen
zu hören, daß Sie wohl sind, und werde Ihnen gewiß auch von Zeit zu Zeit, das Beste
das ich kann, von mir sagen rc.

Hundert und vierter Brief.

den 27. October 1740.

Ich bin, theils durch die Schwachheit meiner Augen, die seit kurzem sehr zugenommen
hat, theils durch andre unangenehme Zufälle
(die fast nur mir eigen sind) ein so schlechter
Korrespondent geworden, daß meine älteste
und beste Freunde billig genug sind, mich zu
entschuldigen. Ich weiß, Sie sind einer von
denjenigen, die alle meine Hochachtung und
Freundschaft verdienen, und ich traue Ihnen,
als einem Manne, der Aufrichtigkeit genug
besizt, es einzusehen, daß es nicht anders seyn
kann, so lange ich ein ehrlicher Mann bin.

J 3

Ich will alſo über dieſen Punkt nichts weiter
ſagen, ſondern Ihnen für Ihre beſtändige Er-
innerung alles deſſen, was mir dienlich ſeyn
und Ehre bringen kann, danken. Von der
Ueberſetzung können Sie weit beſſer urtheilen,
als ich, nicht allein, weil Sie mein Werk beſſer verſtehen, als ich, ſondern auch, weil Ihre lange daurende Bekanntſchaft mit den gelehrten Sprachen, Sie völlig zum Meiſter in
denſelben gemacht hat. Ich möchte dem Ueberſetzer nur empfehlen, daß er ſich nicht ſo ſehr
an Cicero's Latinität binden möchte, ſondern
auch Gebrauch von ſolchen Terminis zu machen, die in der neueren Philoſophie genauer
beſtimmen, beſonders da, wo von metaphiſi-
ſchen Materien gehandelt wird. Ich glaube,
die Probe ſey kurz und deutlich genug, ſo
weit es die claſſiſchen Ausdrücke erlauben:
doch möchte ich lieber, daß er bisweilen davon abwiche, als daß der Sinn zweifelhaft
oder dunkel werden ſollte. Sie wiſſen vollkommen meine Meynung in Anſehung der Abſicht dieſer Ueberſetzung: ich möchte gerne, daß
ſolche mit Ihren Anmerkungen, ebenfalls über-
ſezt, begleitet würde: ich meyne nur die noth-
wendigſten, die zur Aufklärung ſolcher Stel-

len dienen, welche ihrer Kürze halber dunkel
werden, oder vielleicht eine gar zu strenge Aufmerksamkeit des Lesers erfordern.

Ich bin nicht im Stande gewesen meine
Reise nach Oxford und Lord Bathurst's Landsitz zu vollziehen; ich hatte damals die Hofnung, Sie zu meinem Gefehrten zu haben.
Izt gehe ich auf zwei Monat nach Bath. Doch
lassen Sie sich alles dieses nicht abhalten, bisweilen an mich zu schreiben und mir zu sagen,
daß Sie gesund und wohl sind. Der Herr G—
hat mir bis hieher von Zeit zu Zeit dieses Vergnügen gemacht.

Scriblerus wird entweder gedruckt oder nicht
gedruckt werden, nachdem einige andre Schriften herauskommen oder nicht herauskommen,
welches leztere ich mich äusserst bemühen werde, zu verhindern. Ich will Ihnen nicht den
Schmerz verursachen und sagen, was dies eigentlich für Schriften sind. Ihr Gleichniß
von B — und seinen Neffen würden ein vortrefliches Epigramma machen. Allein alle Satire ist so unwirksam geworden (wenn die lezte
Stüze, worauf die Tugend ruhen kann, die

J 4

Scham weggenommen ist) daß auch das Epigramma nichts mehr fruchten kann. Leben
Sie wohl. Ich wünsche, daß Sie näher bey
uns wären; das einzige, welches ich mir wünsche, wäre das Vermögen zwei so ähnliche Seelen näher mit einander zu verbinden.

Hundert und fünfter Brief.

Bath, den 4. Hornung, 1740 — r.

Wenn ich nicht durch verdiesliche Zufälle einen so grossen Eckel vor dem Briefschreiben
bekommen hätte, daß ich mich fast vor dem
Schatten meiner Feder fürchte, so würden
Sie der Mann seyn, gegen den ich am öfter-
sten mein Herz ausleeren würde, und das aus
einer gegründeten Ursache; denn Sie haben
mir die stärksten Beweise Ihres Verstandes,
der Redlichkeit Ihres Herzens und Ihres aufgeklärten Kopfs gegeben, und dabey meine Meynung allemal wohl ausgelegt. Ich möchte

J 5

Ihnen nicht gerne mit meinen Bedrüßlichkei-
ten beschwerlich fallen, von den größten aber
die ich eben jzt habe, muß ich etwas melden.
Man hat in Irland meine Briefe an Dr.
Swift gedruckt, und was das unbegreiflichste
dabey ist, mit seiner Einwilligung und unter
seiner Aufsicht, ohne mich vorher im geringsten davon zu benachrichtigen. Die andre will
ich bey mir behalten, bis ein glücklicher Zufall uns näher zusammen bringt. Ich bin mit
denen Augenblicken nicht zufrieden, die ein
kurzer Frühling'sbesuch mir von Ihnen giebt;
wo Sie keine andre wirkliche Wohlthat mit
sich hinwegnehmen, als meine Seufzer und
Wünsche.

Ich freue mich sehr über den Fortgang Ihres zweiten Theils der göttlichen Sendung,
und noch mehr über die Digressionen, denn
es ist doch immer so viel mehr von Ihnen;
ich darf Ihrem Urtheile trauen, und glauben,
daß sie den vorigen gleich sind. Sie werden,
wie ich nicht zweifle, das alte Sprüchwort
wahr machen, daß der weiseste Umweg der
sicherste nach Hause sey: welches weit besser
ist, als more Theologorum, durch dick nnd

ohne hinzuwaten, und ewig in dem alten
Gleiß zu bleiben, wo schon so manche den
Hals gebrochen haben, oder doch wenigstens
lahm davon gekommen sind.

Diese Gedanken bringen mich ganz natürlich darauf, Ihnen für die sehr unterhalten-
de, und wie ich glaube, auch sehr unterrich-
tende Geschichte des Doktor W . . . zu danken: gewiß war hier das Bild des * * * *,
die nie ein Hülfsmittel zulassen, es komme
denn von einer Hand, die Ihnen gefällt.
Leid thut es mir, daß er so viel vor der heu-
tigen christlichen Bitterkeit hatte, denn, er
muß nunmehro überzeugt seyn, daß das Him-
melreich nicht für solche Leute ist.

Ich gehe so eben nach London zurück, wo
ich mit desto mehr Ungedult der Erscheinung
Ihres Buchs entgegen sehen werde, da ich
hoffe, Sie bald nachher auch persönlich zu
umarmen: damit ich durch Ihre Vermittlung
noch einen so glücklichen Monat erleben möge,
als ich vergangenen Frühling hatte. ꝛc.

✕∶✕ ✕ ✕ ✕∶✕ ✕ ✕∶✕

Hundert und sechster Brief.

den 14. April, 1741.

Sie sind auf alle Art und Weise gütig gegen
mich: Sie sind es in Ihrer Partheylichkeit gegen das, was erträglich in mir ist: und in Ihrer Freiheit, wo Sie mich irren sehen. Hievon dienet zum Beispiel was Sie mir von ——
—— —— —— ——. Sie sind mir noch viel
Freundschaft von der letzten Art schuldig,
denn Sie sind in der ersten zu verschwende-
risch gewesen.

Jeder Tag ist mir eine Woche bis Sie zur
Stadt kommen. S... sagt mir, daß es im

Anfange des nächsten Monats geschehen wird.
Ich hoffe, daß Sie alsdann so nach Vermögen wohlthätig gegen mich seyn werden, indem
Sie mir so viel von Ihrer Zeit schenken, als
Sie können, und wenn ich nicht jeden Tag zu
meinem Nutzen und Vergnügen anwende, so
wird es mein eigner Fehler seyn. Dies ist alles, was ich zu sagen habe: seyn Sie versichert,
daß ich beständig die größte Hochachtung und
Liebe für Sie hege.

Hundert und siebenter Brief.

Twitenham, den 12. Aug. 1741.

Wenn ich nicht glaube, daß es unumgäng-
lich nöthig oder einigen Nutzen schaffen kann,
so bin ich durchaus zum Briefschreiben
nicht zu bringen, und dies muß mir
bey meinen Freunden zur Entschuldigung
dienen. Ich weiß, es ist überflüssig (ich
fühle daß es ist) Versicherungen meiner
wahren und beständigen Freundschaft und
Hochachtung zu wiederholen. Rechtschaffene
und aufrichtige Seelen sind eine der andern versichert. Das Band ist beiderseitig und feste.

Der ganze Nußen des Briefwechsels besteht
in weiter nichts, als in dem Vergnügen wech-
selseitig von der Wohlfahrt einer des andern
zu hören. Es sey denn, daß ich jemals so
glücklich würde, (was für ein seltenes Glück
würde das seyn) Ihnen eine wirkliche Wohlthat zu erzeigen, und Sie dann davon zu benachrichtigen. Allein das Glück erlaubt selten,
daß ein Uneigennüßiger dem andern Uneigen-
nüßigen dienen kann. Es wäre eine gar zu grosse
Schande für selbes, wenn zwei solche Leute,
die am meisten seine Gunst verachten, doch zu
gleicher Zeit und in der nemlichen Handlung
mit seiner Gunst glücklich seyn sollten. Ich
wünsche mir nichts weiter von Ihren verschwen-
derischen Händen, als daß sie irgend einem
grossen Manne erlauben möchten, Sie näher
nach dem Ufer der Themse zu bringen. Obschon letzthin ein Edelmann, den Sie weit hö-
her schäßen, als Sie selbst wissen, beschlossen
hatte ꝛc. ꝛc. — — — —

Ich danke Ihnen herzlich für Ihre Zurecht-
weisungen: mir ist bange, wenn ich mehr dergleichen bekäme, nicht allein über diesen, sondern auch über andere Gegenstände, so würde

ich meine Entschliessung brechen und von neuem ein Autor werden: ja ein neuer Autor, und zwar ein besserer, als ich gewesen bin, oder, Gott verhüte es! ich würde vielleicht immer noch mit der nemlichen Schelle fort‐klingeln!

Der Aufschub Ihrer Doktorwürde zu Oxford hat mir einigen Verdruß gemacht. Ich will lieber sterben als die meinige in einer Kunst annehmen, worinnen ich so unwissend bin: oder an einem Orte, wo man Anstand nimmt sie Ihnen zu ertheilen, und das noch dazu in einer Wissenschaft, wovon Sie ein so grosser Meister sind. Kurz, ich will zugleich mit Ihnen ge‐doctort werden, oder gar nicht. Es ist aus‐gemacht, daß da, wo die Ehre nicht dem Ver‐dienstvollen ertheilt wird, da kann man auch den Unverdienten keine geben: das können die Priester eben so wenig, als die Fürsten. Le‐ben Sie wohl. Gott verleihe Ihnen allen wahren Segen!

Hun‐

Hundert und achter Brief.

den 20. Sept. 1741.

Nicht meiner Freundschaft, sondern der Beur-
theilungskraft des Edelmannes, von dem ich
kürzlich geschrieben, haben Sie Verbindlichkeiten: Lord Chesterfield ist es, der den guten
Willen hat Ihnen zu dienen. Seine Beurtheilung ist in der That so unbestritten, daß
es Ihnen vielmehr ein Vergnügen seyn wird,
ihm etwas zu verdanken zu haben, statt daß
es uns oft Schande bringt, wenn Leute von
dem Range uns Gunstbezeugungen zufliessen
lassen. Es thut mir leid, daß ich Ihnen weis-

K

ter nichts als Gutes wünschen, und mir selbst
nicht die Ehre erzeigen kann, Ihnen etwas
Gutes zu thun. Doch ich tröste mich mit der
Betrachtung, daß wenig Menschen Sie glücklicher und keiner verdienstvoller machen könnte, als Sie sich selbst gemacht haben.

Ich weiß selbst nicht, wie ich zu einem ganzen Paragraph von dieser Art verführt worden
bin. Ich bitte deswegen um Verzeihung,
ob's gleich die Wahrheit ist, daß ich so viel
gesagt habe — — — —

Wenn ich es über mich selbst erhalten kann,
meine Dunciade vollständig zu machen, so
wird sie zugleich mit einer Hauptauflage von
allen meinen Versen (Gedichte will ich sie nicht
nennen) erscheinen. Ich hoffe, daß alsdann
Ihre Freundschaft gegen mich eben so bekannt
werden wird, als daß ich ein Autor bin: und
daß wir alsdann mit einander zur Nachwelt
herabgehen werden; ich meyne so weit ein armer neuerer Versemacher in die Nachwelt reichen kann, da dann, wie gewöhnlich der Kom-
mentator dem schwachen Dichter eine Krücke
leihet, um etwas weiter fortzuhinken, als er

auf keinen eignen Füßen nicht gekommen wäre.
Wir wollen unsern Grad der Würde mit einander
in dem Nachruhm suchen, wir mögen auf der
Universität ausrichten, was wir wollen. Und
ich sage Ihnen noch einmal, ich will es auf
der Universität ohne Sie nicht annehmen — — —

Hundert und neunter Brief.

Bath, den 12. Novbr., 1741.

Ich bin von Natur sparsam mit meinen Briefen an meine Freunde, und das aus einer Ursache, die mir sehr groß scheint, nemlich, daß es nach erlangter Erfahrung unnöthig sey, Freundschaftsversicherungen zu wiederholen; und sehr verdrüßlich andre Worte aufzusuchen, um sie auf eine neue Art auszudrücken. Doch ich habe mehr Gegenstände als einen für diesen Brief. Erstlich, Ihnen meine Zufriedenheit über Ihren Entschluß zu bezeigen, daß Sie den Zankapfel zwischen Ihnen und dem Doktor

M — nicht lange herum fliegen laſſen wollen,
obgleich ich weiß, daß Sie es hätten thun können, und weiter, daß Herr L — auch ſehr
erfreuet darüber iſt: ſelbiger ſchreibt bey dieſer
Gelegenheit, daß er einen Gottesgelehrten, unendlich hochſchätzen muß, der den Frieden dem
Siege vorzieht. Zweitens ſoll ich Ihnen als
einem Autor einen Buchhändler, ſtatt des ehrlichen Mannes empfehlen, den Sie verloren
haben. Der Herr S — und ich kennen keinen, der würdiger wäre, den Platz des Verſtorbenen zu erſetzen, als den Herrn Knapton.
Allein meine dritte, weswegen ich Ihnen izt
beſchwerlich falle, iſt mein eigenes Intereſſe
und mein Vergnügen. Ich habe hier mehr
Weile, als ich unmöglich in meinem eignen
Hauſe haben kann, vacarra litteria. Hier iſt es,
wo Ihre Ermahnungen, meine Studien wieder zur Hand zu nehmen, die beſten Wirkungen haben können. Es iſt wahr, durch beſtändige Beſchäftigungen und Zerſtreuungen, habe
ich ſie beinahe ganz auf die Seite gelegt.
Wenn Sie bewirken könnten, einen Monat,
oder ſechs Wochen von Hauſe abweſend zu
ſeyn, ſo möchte ich Sie hier bey mir haben.
Sind Sie geſonnen Ihr eignes edles Werk

fortzuſetzen, oder wollen Sie ſich zu dem eit-
len Zeitvertreibe herablaſſen, meinen Dichter
zu kommentiren, der kein andres Verdienſt
hat, als daß er ſucht durch ſeine moraliſche
Züge einige Achtung von ſolchen Männern zu
verdienen, die Wahrheit und Tugend auf
eine wirkſamere Art befördern. In beiden
Fällen würden Sie in dieſem Hauſe ein un-
verletzliches Aſilum haben, auch in einer ſo
öffentlichen Scene, wie Bäth, würde ſich Ihnen nichts nähern dürfen, was Sie nicht
ſelbſt gerne ſehen wollten. Der würdige Eigenthümer davon ladet Sie in den freundlich-
ſten Ausdrücken dazu ein: er iſt einer, der Ihnen mit Liebe und Ehrfurcht, ſtatt Höflichkeit
und Hochachtung, wie es die Welt nennt,
begegnen wird. Er iſt aufrichtiger und ehrlicher als irgend einer in dieſer Welt antiquis
moribus. Sind die Bathewaſſer zu Ihrem
Uebel heilſam (wie ich denn aus dem, was
Sie mir geſagt haben, glaube, daß ſie es
ſind, ſo können Sie nie eine beſſere Gelegenheit dazu haben. Wir ſind izt in der ange-
nehmſten Jahrszeit und erwarten täglich den
Biſchof von Salisbury, der, wie ich weiß,
Ihr Freund iſt. Und obſchon Biſchof, iſt er

doch zu gelehrt, um Ihr Feind zu seyn.
Sie sehen, daß ich nichts auslasse, was Sie
einigermaßen bewegen kann, in mein Verlangen zu willigen; ich hoffe dabei, daß meine eigne Person eben nicht das wenigste dazu
beitragen wird, weil mir Ihre Partheilichkeit
bewußt ist.   Hier brauchen Sie keinen Bedienten.   Ihr Zimmer ist neben dem meinigen,
einer ist hinlänglich für beide.   Hier ist eine
Büchersammlung und eine neunzig Schuh
lange Gallerie zum spaziren, nebst einer Kutsche zum fahren, wenn es verlangt wird.
Der Herr Allen sagt mir, daß Sie zu Pferde
in drei Tage hier seyn könnten, es ist nicht
völlig 100 Meilen von Newmarket, der Weg
geht durch Leicester, Ston im Walde, Ciren-
cester, Lord Bathurst's Landsitz vorbey.   Ich
würde Sie von hier nach London begleiten,
und meine Zeit und Reise nach Ihrer Bequemlichkeit einrichten.

Ist dies alles ein Traum? oder können
Sie es zur Wirklichkeit bringen? Wollen Sie
mich anhören?

Audistin'? an me ludit amabilis
Infania?

Leben Sie wohl, theuerster Freund; geben Sie mir zu Bath einen Brief an den Herrn Allen.

Gott behüte Sie. c.

Hundert und Zehenter Brief.

den 22. Novbr., 1741.

Ihr Brief ist sehr gütig; in Wahrheit eine freundliche und befriedigende Antwort auf mein letztes — alles was ich wünschen kann: Nur halten Sie augenblicklich, was Sie versprochen haben. — Ich hoffe doch, daß dieses Sie noch vor Ihrer Abreise antreffen wird: Denn ich glaube, nachdem ich alles wohl überlegt, daß Sie doch wohl am besten thun würden über London zu gehen. Die Kutsche, die dahin, und von dort hieher geht, wird Sie gegen alle Zufälle der Witterung schützen,

K 5

Befonders möchte ich, daß Sie für die Vollzieher des Testaments des Herrn G——s sorge-
ten; Niemand kann Ihnen bey Abmachung
dergleichen Rechnungen mehr Dienste thun,
als der Herr Knapton, der den Handel so
gut verfteht, und einen so allgemeinen Credit
hat. Ueberhaupt wird es mir lieb seyn, wenn
Sie einige Tage da bleiben, denn ich möchte nicht
gerne, daß Sie etwas nothwendiges für sich
selbst verabsäumten. Machen Sie doch einen
kurzen Besuch beym * * * * obschon es Zeit
genug seyn dürfte, nachdem Sie einen Monat
hier zugebracht haben: denn unfre Geschäfte
in der Stadt werden nachdem so häufig nicht
seyn, und wahrscheinlicher Weise werden sie
gerade vor der Oeffnung des Parlaments am
wenigsten durch Geschäfte gehindert werden,
an Gelehrte zu denken.

Wenn Sie zu London sind, so schreiben
Sie mir, welchen Tag Sie mit der Landkut-
sche zu Bath einzutreffen gedenken, damit ich
Ihnen mit der unsrigen entgegen fahren und
Sie hieher führen kann.

Sie werden mir wirkliche Verbindlichkeit
schuldig seyn, daß ich Sie mit dem Eigenthü-

ufer dieses Hauses bekannt gemacht habe,
wenn Sie mit an dem Hauptvergnügen meines Lebens, an seiner Freundschaft, Theil
genommen haben. Ob ich Ihnen aber dergleichen Verbindlichkeiten haben werde, daß
Sie mich wieder zum Schmierer machen, weiß
ich eigentlich nicht.

Hundert und eilfter Brief.

den 23. April, 1742.

Meine Briefe sind kurz, theils weil ich
durch lange (eben so wenig, als durch Ad-
vokaten Schrift) Ihnen mehr von meinem
Herzen und von meiner Hochachtung mitthei-
len könnte, als Sie bereits haben; theils
weil es mir an Zeit und Augen gebricht.
Ich kann Ihnen mein Vergnügen über Ihre
beiden letzten Briefe, eben so wenig, als
meine Dankbarkeit für dieselben nicht ausdrücken. Sie zeigen mir Ihren ungemeinen Eifer für dasjenige Stück meines Müssiggan-
ges, welches wirklich blos geschrieben wurde,
um mich einen traurigen finstern Winter durch
vom Schlaf abzuhalten, und auch vielleicht

andre einzuschläfern, wenn mein Commentator sie nicht davon abhält: welches bey den
Gelehrten eben kein seltner Fall ist.   Ich erwarte jeden Tag den Lord Bolingbroke; mit
welchem ich so viel von meiner Zeit zuzubrin-
gen gedenke, als ich immer kann: denn sein
Auffenthalt wird von kurzer Dauer seyn.
Vielleicht geht er auf einige Wochen nach
Bath, um seinen alten Diener (wenn er anders noch lebt) zu sehen.   Wenn dem so ist,
so gehe ich mit ihm, und erlaubt die Jahrszeit noch den Gebrauch des Wassers (die ihm
sehr heilsam sind) so halte ich es nicht für
unmöglich, Sie bey dem Herrn Allen zu sehen, dessen Haus und Herz, wie Sie wissen,
zu Ihren Diensten sind.   Obgleich alles dieses
sich zufälliger Weise ereignet, so würde es mir
doch lieb seyn, Sie mit einem grossen Genie
bekannt zu machen, das Sie vielleicht nie wieder sehen werden. — Leben Sie wohl. Die
Welt ist nicht, wie ich es wünsche: doch soll
es mich nicht dauren darinn zu bleiben, so
lange zwei oder drei Männer am Leben sind.
Ich bin ꝛc.

Hundert und zwölfter Brief.

Bath,
den 27. November 1742.

Da sehen Sie, daß ich noch immer bey meinem Freund bin; doch dies ist der lezte Tag; und ich will lieber mit Ihnen reden, so lange ich noch bey guter Laune bin, als wenn Verdruß meinen Kopf umnebelt, welches in wenig Stunden der Fall seyn wird. Wir sind beyde erträglich wohl auf. Ich wünschte, Sie hätten mir bestimmter gesagt, ob Ihr Bein wieder ganz gut ist. Sie sagen weiter nichts, als daß Sie gut nach Hause gekommen sind. Ich erwarte eine umständlichere Nachricht von Ihrem Befinden, nachdem Sie eine Zeitlang

bey Ihrem Kamin ausgeruhet haben. So
bald ich nach London komme, werde ich mich
erkundigen, welche von meinen Freunden Sie
besucht haben. Zwei oder drei sind da, die
Sie zu schätzen wissen: möchten sie doch auch
eben so willig seyn, Ihnen zu dienen! —
Ich habe mir in meinem Kopf den Entwurf gemacht, Sie auf gewisse Art zum Verleger meiner neuen Dunciade zu machen, wenn Sie
nichts dawider einzuwenden haben, sich als
Autor einiger der ernsthafteren Noten zu bekennen, die izt zu Dr. Arbuthnot seinen hinzugefügt werden. Ich bestimme dieses, als
eine Art von Präludium oder Ankündigung
für das Publikum, wegen Ihren Commentarien, zu dem Versuch über den Menschen,
und den über die Kritick, die ich nächstens in
einem Band, diesem ähnlich, drucken lassen
will. Nur zweifle ich ob das Eingeständniß
dieser Noten zu einem so scherzhaften Gedichte für den Charakter anständig ist, den Sie
einmal, wegen Ihrer ernsthafteren Arbeiten,
in der Welt erlangt haben. Der Gedanke fiel
mir plötzlich nach unsrer Trennung ein, und
weiter will ich auch nicht, daß Sie darauf
halten sollen: Sagen Sie mir nur frey und

freundschaftlich, ob es nicht besser seyn würde,
diese Gedichte aus der Welt zu vertilgen. Ich
habe eine besondre Ursache, Sie an mir und
meinen Schriften Theil nehmen zu lassen. Beyde werden deswegen bey der Nachkommenschaft eine bessere Figur machen. Ein mittel-
mäßiger Dichter, selbst ein Drayton, wird izt
noch gelesen, weil Selben einige Noten zu seinen Gedichten schrieb.

Leben Sie wohl! jede häusliche Glückseligkeit verhindre Sie sich von Hause zu
entfernen, und jeder Freund, für den Sie
diese Gütigkeit haben, behandle Sie so, daß
Sie vergessen, daß Sie zu Hause sind. Ich
bin ꝛc.

Hundert und dreizehnter Brief.

den 28. December 1742.

Ich habe Ihnen immer für so mancherley
Gütigkeit zu danken, daß ich nicht weiß, wo
ich anfangen soll. Willens war ich, unsre
ganze Rechnung mit der Dunciade abzuma-
chen, und deswegen wartete ich, bis sie geendiget war. Ihre Aufmunterung ist Schuld,
daß ich das vierte Buch hinzugefügt habe; und
Ihrem Beyfall allein hat es zu verdanken, daß
es im Druck erschienen ist. Seit dem haben Ihre Noten und Ihre Abhandlung unter dem
Namen Aristarchus Ihr die lezte Vollkommenheit und Zierde gegeben. — Es ist mir
lieb, daß Sie das Gedächtniß solcher Leser

wieder anfrischen wollen, die sonst keine andre Seelenkräfte zum Lesen haben, besonders
zu solchen Werken als die göttliche Sendung
ist. Ich hoffe aber auch, daß Sie sich um eine
andre dummere Art nicht viel bekümmern werden: solche nemlich, die aus Bosheit Schriftsteller werden, und sterben müssen, so bald es
Ihnen gefällt, in der ganzen Vollkommenheit
Ihres Werks zu glänzen. Wenn es auf mich
ankäme, so müste dieses Ihre einzige Antwort
seyn und bleiben: es sey denn, daß Sie von
jener kurzen und vortreflichen Relique Gebrauch
machen wollen, die Sie mir in der Geschichte
der Brille gegeben haben.

Die Welt wird hier sehr geschäftig. Wenn
denken Sie ungefehr bey uns zu seyn? Meine
Gesundheit, fürchte ich, wird mich zu Hause
halten, es sey in der Stadt oder hier: ich
hoffe also desto mehr Ihre Gesellschaft zu geniessen, damit doch ein Gutes aus vielem Bösen erwachse.

Ich schreibe, wie Sie wissen, sehr laconisch. Ich habe nur eine Formul, die sagt
einem Freunde alles. " Ich bin der Ihrige,

"und bitte, daß Sie der Meinige bleiben."
Vorenthalten Sie mir nichts, besonders nicht,
wie es um Ihre Gesundheit steht; und verlassen Sie sich darauf, daß ich alle Ihre Gütigkeiten, auch ohne alle Gerechtigkeit, die
Sie mir wiederfahren lassen werden, gehörig
empfinde.

Ich las nie etwas mit mehr Vergnügen,
als den zu Jervas seiner Vorrede zum Don
Quichotte hinzugefügten Bogen. Kaum war
ich den zweiten Paragraph durchgekommen,
so schrie ich aus vollem Halse, aut Erasmus,
aut Diabolus! Ich kannte Sie so sicher, als die
Alten die Götter nach dem ersten Schritt und
Gang kannten. Ich bin izt nicht in der Laune,
mich recht auszudrücken, konnte aber doch dieses nicht vorbey gehen, weil es mich so sehr
vergnügt hat.

Mein Proceß mit L—, ist zur Ende. — Leben Sie wohl! Niemand kann mehr der Ihrige
seyn, als ich es bin. — Geben Sie mir für
einen Titel, was Sie für einen wollen, nur
nicht Doktor von Oxford; sit tibi cura mei,
sit tibi cura tui.

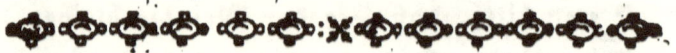

Hundert und vierzehnter Brief.

den 18. January 1742.

Ich muß alle Tage laconischer in meinen
Briefen werden, denn mein Gesicht wird alle
Tage kürzer und dunkler. Verzeihen Sie also, wenn ich Ihnen nur summarisch antworte.
Ich kann es Ihnen eben so wenig im Briefschreiben, als in der Unterredung gleich thun.
Seyn Sie aber einmal für allemal versichert,
daß je mehr ich von Ihnen lese, je mehr unterrichten und gefallen Sie mir. Dieses Unglück meiner Dummheit und meiner Abwesen-
heit von Ihnen, machen mein Verlangen und
meine Wünsche nur immer heftiger, daß das
Glück Sie näher zu mir führen, und wir wäh-

rend den besten Jahren unsers Lebens einander mehr genieſſen möchten, und zwar in einer Lage, wo mehr wohlthätige Freunde, als ich allein, Sie hochſchätzen und lieben könnten. Ich habe wieder vom Lord — und noch von einem andern gehört, daß Lord Grainville, an den ich geſchrieben, ſeine Abſicht erklärt, Ihnen dienſtlich zu ſeyn. Meine Antwort (die man ihm überbracht hat, war, daß er ſich Ihrer Bekanntſchaft auf Lebenszeit verſichern könnte, wenn er Ihnen einmal gedient oder Verbindlichkeit auferlegt hätte, daß ich aber auch gewiß wäre, daß Sie ihn nie mit Ihrer Erwartung beunruhigen würden, obſchon er nie Ihre Dankbarkeit vom Halſe los werden würde. — Leben Sie wohl, theurſter Freund! Geben Sie mir bisweilen Nachricht von Ihrer Geſundheit. Die meinige iſt, wie gewöhnlich, meine Liebe aber immer die nemliche.

✠✠✠✠✠✠✠✠✠✠✠✠✠✠✠✠✠✠✠✠✠✠✠✠

Hundert und funfzehnter Brief.

Twitenham,
den 24. Merz, 1743.

Ich schreibe Ihnen, wie ich den wenigen von
meinen Freunden schreibe, weiter nichts als
Si valeas, valeo. Das ist in der That alles,
was ich sage, aber es ist buchstäblich wahr:
denn ich sezte alles, was mir das Leben wün-
schenswürdig macht, in ihre Wohlfahrt. Ich
kann mit Wahrheit sagen, daß Eigennuz und
Eitelkeit nicht den geringsten Antheil an allen
meinen Freundschaften haben, oder mich izt
antreiben nur einen einzigen Brief deswegen
an jemanden zu schreiben. Könnte mich aber
etwas bewegen einem Grossen zu schmeicheln,
so müßten es die Angelegenheiten eines Freundes seyn, den ich gerne aus seinen Klauen er-

sessen wollte. Ehe ich einen Mann von Verdienst so weit herunter fallen ließe, würde ich
meinen eigenen Charakter aufs Spiel setzen,
um den seinen bey Ehren zu erhalten. Doch
wir leben zu einer Zeit, wo auch unsre gewis-
senhafte Aufführung bey unserm Ansuchen keinen Einfluß hat, und das Beste, worauf man
sich verlassen darf, ist Zufall und Gelegenheit.

Ich habe Ihnen nur blos sagen wollen,
daß ich gänzlich der Ihrige bin, so wenig Worte ich auch dabey mache. Noch eine grössere
Freude ist es mir, daß ich Herrn Allen zu meinem Freunde gemacht habe, der nach dem in-
nerlichen Gehalt sehr viel werth ist: gewiß
wird er jedes Jahr, das Sie noch zu leben
haben, immer mehr und mehr Trost und
Ruhm bringen. Mein Vertraun auf andre,
die weniger grosse als ehrliche Leute sind, ist
nur geringe.

Ich habe diese Zeit über fast beständig in
der Einsamkeit gelebt, theils wegen Unpäßlichkeit, theils kleine Verbesserungen in meinem Garten und in meinem Hause vorzuneh-
men, bey denen ich mich künftig, wenn ich

lebe, noch mehr aufhalten werde. Ich weiß
nicht, wann die Dunciade herauskommen
wird. Ich wünschte lieber die beste, nemlich
Ihre Edition von den übrigen Episteln und
den Versuch über die Kritik zu beschleunigen,
denn da werde ich in dem vortheilhaftesten
Lichte erscheinen. Doch ich bitte mir noch eine
einzige Bedingung aus, nemlich, daß Sie nie
an alles dieses denken sollen, so lange die Vol-
lendung Ihres edlen Werks von der göttlichen Sendung Ihre Zeit erfordert: (Dieses
ist es, was über alles iterum iterumque mone-
bo) auch daß Sie währender Zeit kein andres
nützliches Werk verabsäumen. Es wird mir
lieb seyn zu hören, daß Sie von den izt graf-
sirenden Krankheiten unangesteckt geblieben sind;
sie haben zwar keinen meiner Freunde das Leben gekostet, aber alle sind doch damit behaf-
tet gewesen.

Hundert u, sechszehnter Brief.

den 5ten Juny.

Ich wünsche anstatt alle zwei Monate an Sie zu schreiben, daß ich Ihnen eben so ofte einen Dienst leisten könnte, denn ich bin zu dem Alter gekommen, wo man eben so sparsam mit seinen Worten wird, als die meisten alten Leute mit ihrem Gelde werden, obgleich ich beide täglich weniger nöthig habe. Doch ich lebe zu einer Zeit, wo rechtschaffene Leute es nicht in ihrer Gewalt haben Beneficien auszutheilen: selbige auch in der That kein rechtschaffener Mann annehmen kann, wenn man betrachtet unter was für Bedingungen sie zu haben sind. Sie hätten gewiß ein völliges

L 5

Recht auf alle, die in meinem Vermögen wären, der Sie mich nicht allein monatlich, sondern wöchentlich mit Gütigkeiten aller Arten
überhäufen, die veralteten Schriftstellern am
angenehmsten sind: ich meyne jene Kränze,
mit welchen der Commentator seinen Dichter
krönet: es sind Blumen, die er selbst gesammlet und gemalt, nicht Blüthen, die aus dem
verdorrten Dichter selbst entspriessen.

Nach allem diesen ist es sehr unbillig, Sie
noch einmal mit der Durchsehung des Versuchs
aber den Homer zu beschweren. Allein ich
sehe Sie als einen Mann an, der einen Eid
abgelegt hat, keinen Fehler in meiner Arbeit
zu dulden: und obgleich die gemeine Weise
eines Commentatoris ist, solche Fehler zu
Schönheiten zu erheben, so ist doch der beste
Dienst eines Kritikers selbe zu verbessern. Da
eine neue Auflage vom Homer herauskommen
soll, so möchte ich selbe gerne weniger fehler-
haft machen, und der Buchhändler will mir
die Zeit dazu nicht erlauben.

Lord Bolingbroke geht sehr bald wieder
nach Frankreich zurück, und vielleicht gehe ich

diesen Sommer auf drei Wochen oder einen
Monat zu dem Herrn Allen: ich, will Ihnen
in Zeiten Nachricht davon geben, wenn es et-
wann Ihre Umstände erlauben sollten, den
Brunnen dort mit mehrerem Nutzen zu trinken.

Verzeihen Sie meine eilfertige und schlechte Schmiererey. Meine Augen sind so schlecht,
wie mein Kopf, nur mit meinem Herzen kann
ich der Ihrige seyn.

Hundert u. siebenzehnter Brief.

den 18ten July.

Sie können freylich wohl Danksagungsbriefe von mir erwarten: doch die gütige Aufmerksamkeit, die Sie allem gönnen, was mich betrift, ist so offenbar, daß Sie sich selbst bewußt seyn müssen, wie nothwendig ich Ihnen in meinem Herzen dafür danken muß. Ihre Abänderungen in der Vorrede und dem Versuch sind völlig richtig, und keine mehr verbindlicher, als die, wo Sie nicht zugeben wollen, daß meine Begriffe in meinen ersten Schriften denen in meinen lezten widersprechen Sie haben dabey die Nachsicht zu vermuthen, daß,

wenn ich einen Fehler begieng, es nicht so
wohl geschahe, weil ich verkehrt oder unrich-
tig gedacht hatte, sondern weil ich nicht genug
gedacht hätte. Was ich in der zerstreuten
Lebensart, die ich hier führen muß, verbessern
könnte, das habe ich gethan; und einige brauchen noch Ihre Hülfe, um das zu werden,
was sie eigentlich seyn sollten. — Herr Allen
verläßt sich darauf, daß Sie gegen das Ende
des nächsten Monats, oder im September zu
ihm kommen werden, und ich werde mich auch
sobald als möglich dahin verfügen: doch wohl
nicht ehe biß im September. — Verzeihen
Sie, daß ich so eilfertig wie ein Notarius
oder ein Anwald schreibe. Ich bin mehr um
Ihre Finanzen, als um Ihren Ruhm beküm-
mert: weil Sie sich selbst niemal viel um die
ersten bekümmern werden: der lezte ist Ihnen
schon gewiß und wird Ihnen auch wider Ihren
Willen folgen.

Ich habe nie ein einziges Wort wegen dem
Publikum zu Ihnen gesagt. Ich habe die gröf-
sere Welt zu lange gekannt, um sehr sangui-
nisch zu seyn. Aber Zufälle und Gelegenheiten können thun, was die Tugend nicht thun

würde, und Gott verleihe es! Leben Sie wohl!
Aus der Tugend des Publikums mag werden,
was da will, wir wollen unsern armseligen
Antheil an der Privat-Tugend bewahren.
Habe ich einige, so bin ich mit wahrer Em-
pfindung Ihres Verdienstes und Ihrer Freundschaft zc.

✛✛✛✛✛✛✛✛✛✛✛✛✛✛✛✛✛✛✛✛✛✛✛✛
✛✛✛✛✛✛✛✛✛✛✛✛✛✛✛✛✛✛✛✛✛✛✛✛

Hundert und achtzehnter Brief.

den 7ten October.

Ich danke Ihnen herzlich für Ihren Brief,
der mich von Ihrer glücklichen Ankunft be-
nachrichtigte. Ich bin glücklich, weil Sie all
die Ihrigen wieder gesund angetroffen haben.
Viele Ursachen und Erfahrungen überzeugen
mich, wie sehr Sie mir Gesundheit und meinen
Schriften langes Leben wünschen. Wenn Sie
eben so gut einen besseren Menschen, als einen
besseren Schriftsteller aus mir machen könnten,

so wäre ich durch Sie hier und in Ewigkeit
der Unsterblichkeit versichert. Ich habe befohlen die Dunciade in 4to anzukündigen. Be-
stellen Sie so viele Exemplare davon, als Sie
wollen, denn alles, was mein ist, ist auch
das Ihrige.

Hundert

Hundert u. neunzehnter Brief.

den 12. January, 1743.

Ich habe lange nicht an Sie geschrieben weil ich unmöglich einen Brief mit Nichts an einen Mann senden kann, den ich hochachte: und Ihnen etwas zu sagen, was Sie betrüben würde, Sie, die Sie mir so viel Gutes wünschen, wäre noch schlimmer. Von dem Publikum kann ich Ihnen nichts sagen, das die Betrachtung eines vernünftigen Mannes verdiente, und von mir selbst nur eine Nachricht, die Sie schmerzen würde: denn

M

meine Engbrüstigkeit hat seit meinem lezten
Schreiben jede Woche so zugenommen, daß
ich den Camin gar nicht mehr verlassen darf.
Ich habe also nur zwei von meinen Freunden
seit der Zeit gesehen, die von der Welt eben
so entfernt leben, als ich, und sich beständig
zu Buttersea aufhalten. Da habe ich mich
die meiste Zeit aufgehalten, und mir oft Ihre Gesellschaft gewünscht, weil es die beste
ist, die ich kenne, und mir alle andre entbehr-
lich zu machen, und mich zu einer edlern
Scene vorzubereiten, als uns die sterbliche
Grösse nicht öffnen kann. Ich befürchte,
daß ehe Sie dieses Weges kommen, derjeni-
ge, den ich Ihnen gerne zeigen möchte, schon
wieder fort seyn wird, es sey denn, daß Sie
einige Wochen vor dem Herrn Allen in London
eintreffen. Meine izige Unpäßlichkeit raubt
mir den ganzen Tag, um sie nur auf einige
Stunden erträglich zu machen; doch fahre ich
ganz langsam fort, an grossen Auflagen meiner Kleinigkeiten mit Ihren Noten zu arbeiten, und so wie ich einige von Ihnen erhalte,
füge ich sie der Ordnung nach hinzu. —— ——

Man sagt mir, der Poeta laureatus wolle ein sehr lästerndes Blat herausgeben. Das ist alles, was ich wünschen kann: genug wenn es nur schmähend und lästernd und dabey das seinige ist. Er drohet Ihnen: allein ich denke, Sie werden ihn zu wenig fürchten und lieben, um ihm zu antworten, obgleich Sie ein paar eben so dummen geantwortet haben. Er wird mir mehr als eine Dosis Hirschhorn seyn; und so wie ein guter Kapuziner Furz einen wieder zum Leben bringt, der durch Wohlgerüche erstickt worden ist, eben so werden seine Schmähungen mich von den Schmeicheleyen heilen.

Weit mehr kränkt es mich, daß einige von Ihrer Geistlichkeit sich über ein paar meiner Verse beleidiget finden, weil ich Hochachtung für Ihre Geistlichkeit habe, und die Verse weit mehr die unsrigen treffen. Wenn Sie aber wegen Vertheidigung dieser Verse nicht von denselben getadelt werden, so will ich mich unter meinen weltlichen Mantel einhüllen, und unter Ihrem Schilde schlafen.

Betrübt ist es mir, durch einen vor zwei Posttagen von dem Herrn Allen erhaltenen

Brief zu vernehmen, daß er sich noch nicht ganz von seiner Unpäßlichkeit erholt hat, und die Madame Allen auch nicht wohl ist. Lassen Sie sich das nicht abhalten mir zu sagen, wie Sie sich befinden, denn niemand ist mehr der Ihrige, als ꝛc.

Hundert u. zwanzigster Brief.

Ich bin äusserst beschämt, daß ich Ihnen auf
so viele Briefe noch die Antwort schuldig bin;
nachholen kann ich es bey meinem itzigen Zustande nicht mehr, eben so wenig als ich mit
Ihnen in die Wette laufen kann, und deswegen weiß ich auch nicht zu sagen, welchen
von Ihren Briefen ich gerne zuerst beantwortet hätte. Gewiß ich habe sie alle empfangen:
und so viele kleine Weile mir auch von den
täglichen Sorgen für meine Krankheit übrig
geblieben ist, habe ich alle angewandt,
mein Gedicht über den Gebrauch des Reichthums wieder durchzusehen, weil ich es ger-

M 3

ne gegen die Zeit, daß Sie zur Stadt kommen, für Ihre letzte Verbesserung fertig haben möchte, damit es, während Sie bei mir
sind, gedruckt werden kann   Die letzten starken Anfälle auf meine Gesundheit bringen mich
zu dem Wunsch alle weitere Sorge für mich
und meine Werke geendiget zu sehen. Wegen
mir selbst beruhige ich mich mit dem Gedanken, daß ich dem Vater aller Gnaden und
Barmherzigkeit mein Wesen völlig überlasse,
damit nach seinem heiligen Willen zu schalten
und zu walten, wie es ihm gefällt. Wegen
dem letztern (obgleich es eine Kleinigkeit ist,
so können doch auch Kleinigkeiten zum Beispiel dienen) so möchte ich sie lieber der Redlichkeit eines empfindsamen, und dankenden
Beurtheilers, als der Bosheit jedes kurzsich-
tigen und arglistigen Kritikers, oder jedes
unachtsamen und tadelsüchtigen Lesers überlassen. Niemand ist im Stande sie in ein so
gutes Licht zu setzen, oder ihre beste Seite so
zu zeigen, als Sie: dieses alles zwinget mich
zu bekennen, daß ich schon seit einigen Monaten geglaubt habe, Berg ab zu gehen, und
das eben nicht langsam. Seitdem haben auch
alle Versuche der Aerzte, und die stärksten

Arzneien keine Wirkung mehr bey mir gehabt.
Vor ungefehr sieben Tagen lag ich zu Buttersea so gefährlich darnieder, daß meine Freunde, Lord M. und Lord Bolingbroke, eiligst
nach einem Wundarzt schickten, der mir zur
Ader ließ. Ich glaube, daß dieses mein Leben gerettet, denn es that seine unmittelbare
Wirkung: hat mich auch so weit wieder hergestellt, daß ich seit fünf Tagen ohne große Be-
schwerniß athme, und wieder einhole, was
mir seit drei Monaten gefehlt, nemlich
den Auswurf: auch habe ich izt einige Stunden Schlaf. Ich gehe nun nach Twitenham,
um zu versuchen, ob die Luft einige Theile meines
Körpers wieder beleben will; wenn ich Ver-
kältungen vermeide: und hier und zu Buttersea
will ich den übrigen Theil meines Lebens mit
Lord Bolingbroke zubringen, der zu meinem
größten Trost noch drei Wochen hier bleiben
wird. Wie wär's, wenn Sie vor dem Herrn
Allen kämen, und bis zu seiner Abreise blie-
ben? Wenn Sie an Ihn schreiben, so sagen
Sie ihm doch, wie übel ich daran gewesen
bin, sonst hätte ich es selbst gethan. Doch
ich will es thun — den ersten Tag, daß ich
mit Feder, Dinte und Papier allein seyn

M 4

kann, welches mir hier unmöglich ist. Wenn
ich nur die Kräfte hätte eine Feder lange zu
führen! Sie sehen, daß ich nichts gesagt habe, und doch ist mir dieser Brief sehr schwer
gefallen. Ich bin ꝛc.

Hundert und ein und zwanzigster Brief.

den April 1744.

Ich bedaure unendlich, daß ich Ihnen eine so traurige Nachricht von meiner Gesundheit geben muß, statt: daß ich sonst mit Freude in Ihre Umarmung geflogen wäre. Ich bin zu krank, um es in der Stadt auszudauren, und diese Woche so viel schlechter, daß meine Reise dahin ganz unmöglich wird, wenn auch ein Königlicher Befehl dazu vorhanden wäre. Aus anständigem Gehorsam gegen einen Königlichen Befehl verließ ich die Stadt: allein, gegen diesen Befehl der Macht aller Mächte muß ich in tiefster Demuth beugen, und nicht murren. Ich

M 5

wünsche Sie hier zu sehen. Der Herr Allen
kommt nicht bis auf den 6ten, und vermuth-
lich werden Sie die ganze Zeit auch in der Stadt
zubringen, so lange er zugegen ist. Ich erhalte so eben Ihren Brief — und ist sehe ich,
daß ich zu voreilig war, als ich befahl, den Com-
mentarium über den Gebrauch des Reichthums
nicht zu drucken. Meine gegenwärtige Schwachheit macht mich immer unfähiger zu jedem Geschäfte. Ich hoffe doch zum wenigsten Sie
ein oder zwei Tage zu Twitenham zu sehen;
da wollen wir mit einander die Maaßregeln
nehmen, daß ich in's künftige so viel möglich
ist, von Ihrer Freundschaft geniessen möge. *)

*) Herr Pope starb den 30sten Mai 1744.

Ende der Briefe des Herrn Pope.

Lezter Wille

und

Testament,

von

Alexander Pope

von

Twickenham, Esq.

Lezter Wille und Testament

von

Alexander Pope, Esq.

In dem Namen Gottes, Amen.

Ich Alexander Pope von Twick-enham, in der Grafschaft Midd-lesex, mache dieses zu meinem lez-ten Willen und Testamente. Ich

überlasse meine Seele, in der de-
müthigen Hofnung Ihrer künftigen Glückseligkeit, gänzlich ihrem
Schöpfer, als dem allgütigsten
Wesen. Was meinen Leib anbetrift, so ist mein Wille, daß er
nahe bey dem Grabmal meiner
theuren Eltern zu Twickenham
begraben werde, wo man Ihrer
Grabschrift, nach den Worten
filius fecit, nur hinzufügen soll,
& sibi: Qui obiit anno 17 — ætatis — Sechs der ärmsten Männer
vom Kirchspiel sollen mich zu Grabe tragen, deren jeder ein graues
Kleid von groben Tuch zur Trauer
haben soll. Sollte ich nach dem

Willen des Höchsten, an irgend einem von Twickenham weit entfernten Orte sterben; so kann das nemliche in jedem Kirchspiele geschehen, nur daß obbenannte Aufschrift auf dem Grabmal meiner Eltern zu Twickenham hinzugefügt werde. Meine besondere Freunde, Allen, Lord Bathurst; Hugo Graf von Marchmont, William Murray, Generalprocurator Seiner Majestät, und George Arbuthnot Esq. von der Schatzkammer; wie auch ihre Abkömmlinge, ernenne ich hiemit zu Vollzieher dieses meines lezten Willens und Testaments.

Alle Handschriften und unge=
druckte Papiere, die man nach
meinem Ableben finden wird, sol=
len meinem edlen Freund, Hein=
rich, St. Johann, Lord Boling=
broke übergeben werden, deſſen
Sorgfalt und Urtheil ich ſelbige al=
lein überlaſſe, um entweder zer=
nichtet oder aufbewahrt zu wer=
den, nachdem er es für gut fin=
det; und im Fall, daß dieſer mich
nicht überleben ſollte, vermache ich
ſie dem obbenannten Grafen von
Marchmont. Dieſe Freunde, die
mir mein ganzes Leben hindurch
alle gute Dienſte geleiſtet haben,
werden mir dieſen lezten nach mei=
nem

nem Tode nicht versagen. Ich
überlasse Ihnen also diese Bemühung, als ein Pfand meines Ver-
trauens und meiner Freundschaft,
mit der Bitte, daß jeder von Ihnen ein kleines Andenken von mir
annehmen wolle. Nemlich, daß
Lord Bolingbroke zu seiner Büchersammlung alle Theile meiner
Werke und meiner Uebersetzung
vom Homer, so in rothem Saffian
gebunden sind, nebst den eilf Theilen vom Erasmus hinzufügen wolle: imgleichen, daß Mylord Marchmont die grosse auf Schreibpapier
gedruckte Edition vom Thuanus
durch Buckley, und dasjenige

Bildnis vom Lord Bolingbroke,
welches er selbst wählen will, an
nehmen wolle. Daß Mylord Ba
thurst in seinem Kabinette meine
drei Statuen vom farnesischen Her
kules, der medicinischen Venus
und von dem Apollo in clair obscür
vom Kneller einen Plaz gönnen
wolle: Weiter, daß Herr Mur
ray Homers marmornes Brustbild
von Bernini, Sir Isaak New
ton's von Guelphi von mir an
nehmen wolle: weiter, daß Herr
Arbuthnot diejenige Sackuhr, so
ich beständig gebraucht, und wel
che der König von Sardinien dem
Grafen von Peterborow und die

ser mir auf seinem Krankenbette
geschenkt, nebst einem von den
Bildnissen des Lord Bolingbrokes
annehmen wolle.

Item, ersuche ich Herrn Litt-
leton die marmornen Brustbilder
von Spener, Shakespear, Milton
und Dryden, welche sein königlicher
Herr, der Prinz, mir geschenkt, anzunehmen. Meine Büchersammlung,
von gedruckten Büchern gebe und
vermache ich dem Ralph Allen von
Widcombe, Esq. und dem hochwür-
digen Herrn Wilhelm Warburton,
oder ihren Abkömmlingen und Erben (wenn vorhero diejenigen, so
dem Lord Bolingbroke vermacht

sind, und die Frau Martha Blount
sich sechzig Stück davon ausge-
wählt hat, herausgenommen sind)
Imgleichen gebe und vermache ich
dem besagten Herrn Warburton
alle diejenige von meinen Werken,
so bereits gedruckt sind, und worüber er Noten und Kommentarien
geschrieben hat, oder noch schreiben wird, erb und eigenthümlich:
denn ich habe keine andre Verfü-
gung damit getroffen, oder sie Je-
mand anders übertragen; alle
Vortheile und aller Nutzen also,
der nach meinem Tode aus den
künftigen Auflagen dieser Werke,
so Herr Warburton ohne weitere

Veränderungen veranstalten wird,
sich ergeben wird, gehöre ihm
allein.

Item, im Fall obbesagter
Ralph Allen Esq. mich überleben
sollte, so befehle ich den Vollziehern meines Testaments, ihm Ein
hundert und funfzig Pfund Sterling auszuzahlen, welches nach
meiner besten Zusammenrechnung
die Summe ausmacht, so ich von
Ihm, theils zu meinem eignen Gebrauch, theils um es als Almosen
auszutheilen, empfangen habe.
Im Fall er diese Ein hundert und

funfzig Pfund nicht annehmen
will, so ersuche ich ihn, selbige zur
Unterstützung des Hospitals zu
Bath anzuwenden, welches ihm
gewiß nicht zuwider seyn wird.

Ich gebe und vermache meiner
Schwiegerinn der Frau Magdale-
ne Racket, die Summe von drei
hundert Pfund Sterling: und
Ihren Söhnen, Heinrich und
Robert Racket jedem Ein hundert
Pfund Sterling. Imgleichen
übertrage ich meiner besagten
Schwiegerinn Racket, meine Rech-
te und Ansprüche auf eine Hand-

schrift von fünf hundert Pfund
Sterling, die mir ihr Sohn Mi-
chael schuldig ist.   Item gebe ich
ihr meine Familiengemälde, als
die Bildniſſe meines Vaters, meiner Mutter, und meiner Tante,
nebſt dem diamantnen Ring, und
die goldne Uhr; welche meine Mutter getragen hat.   Dem Erasmus
Lewis, Gilbert Weſt, Sir Cle-
ment Cottewell, William Robin-
ſon, Nathanael Hook, Esq. und
der Frau Anna Arbuthnot gebe ich
jedem fünf Pfund Sterling, um
einen Trauerring oder ſonſt etwas
zu meinem Andenken dafür anzu-

N 4

ſchaffen. Und meinem Bedienten
Johann Searl, der mir viele Jahre treu und wohl gedienet, gebe
und vermache ich die Summe von
Ein hundert Pfund Sterling, und
für ihn und ſeine Frau ein Jahrs-
gehalt über ſeinen verdienten Lohn;
imgleichen, den Armen von dem
Kirchſpiel zu Twickenham, zwanzig
Pfund Sterl. die mein treuer Diener Johann Searl unter ſie aus-
theilen ſoll. Im Fall beſagter Johann Searl vor mir ſterben ſollte,
ſo iſt mein Wille, daß obgedach-
te Summe von Ein hundert
Pfund Sterling ſeiner Wittwe

oder seinen Kindern ausbezahlt
werde.

Item, gebe und vermache ich
der Frau Martha Blount, jün-
gere Tochter der Frau Martha
Blount, die Summe von Ein
tausend Pfund Sterling, die ihr
gleich nach meinem Ableben ausbezahlt werden sollen: imgleichen alle
Mobilien meiner Grotto; die
Aschenkrüge und Urnen in meinem
Garten, mein ganzes Haushal-
tungsgeräthe, Küsten, Schüs-
seln, kurz alles, worüber und womit ich in diesem meinem Testamente keine andre Verfügutg ge-

N 5

troffen habe, gebe und verntache
ich der besagten Martha Blount
aus wahrer Hochachtung und lan=
ge für sie gehegte Freundschaft.
Ferner ist es mein Wille, daß die
obbenannten Vollzieher meines
lezten Willens und Testaments,
ein Verzeichniß aller meiner lie=
genden Güter, baarem Gelde,
Obligationen ꝛc. machen, und nach
dem meine hinterlassene Schulden
und meine Vermächtnisse ausbe=
zahlt sind, das übrige entweder in
dem Regierungsfund oder an ei=
nem andern sichern Orte nach ih=
rem besten Urtheil und Gutfinden

c

auf Zinſen auslegen, und die In-
tereſſen davon alle halb Jahr der be-
ſagteſt Frau Martha Blount, ſo
lange ſie lebt, auszahlen ſollen:
nach Ihrem Tode aber gebe und
vermache ich der Frau Magdalena
Racket und ihren Söhnen, Robert, Heinrich, und Johann, die
Summe von Ein tauſend Pfund
Sterling, um unter Ihnen, oder
ihren Erben, zu gleichen Theilen
vertheilt zu werden: und nach dem
Tode der beſagten Frau Martha
Blount, gebe und vermache ich
weiter die Summe von zwei hundert Pfund Sterling dem obbe-

nannten Gilbert Weſt; zwei hun=
dert Pfund Sterling dem George
Arbuthnot; zwei hundert Pfund
Sterling ſeiner Schweſter Frau
Anna Arbuthnot: und Ein hun=
dert Pfund Sterling meinem Be=
dienten Johann Searl: und zwar
jedem von Ihnen, der dann noch
am Leben ſeyn wird: alles übrige
bleibt meinen nächſten noch leben=
den Anverwandten.

Dies iſt mein lezter Wille und
Teſtament, geſchrieben mit mei=
ner eignen Hand und beſiegelt mit
meinem Siegel, den zwölften Tag

des Chriſtmonats im Jahr unſers
Herrn, Ein tauſend, ſieben hun-
bert und drei und vierzig.

Alex. Pope.

Unterſchrieben, beſiegelt, und durch den
Teſtator als ſeinen lezten Willen und
Teſlament erklärt, in Gegenwart von

Radnor,

Stephan Holes, Pfar-
rer zu Teddington.

Joſeph Spence, Profeſſor
der Geſchichte auf der
Univerſität zu Orfort.